勇者に買われた奴隷ですが、なぜか勇者を調教しています。

登場人物紹介
character
［レオン］
魔王討伐を目指して旅する勇者。
歴代最強と目されるが、
実はおかしな嗜好を持つ変人。
［ユウ］
異世界にトリップし、
奴隷として売られた元OL。
レオンと奴隷契約するも、
想定外の要望に戸惑うばかりで……

【ルナ】
聖竜の赤ちゃん。
小さいながらも、
強大な力を持つ。
【ヴェルナー】
魔王。
世界を手中に収めようと画策中。
【スレイン】
勇者パーティの一員。
強靭な肉体を持つ戦士だが、
穏やかで面倒見のいい性格。
【ルイ】
勇者パーティの一員。
高位の魔法使い。
紳士だが、酒に酔うと毒舌に。
【ミリア】
勇者パーティの一員。
回復魔法と弓が得意なエルフ。
ユウを妹のように可愛がる。

プロローグ

突然、本当に突然の出来事でした。

気がついたら草原の真ん中に転がっていたのです。

何を言っているのかわからないと思うでしょうが、私も何が起こったのかわかりません。

ただ、夢だと思いたくても、つねったほっぺたはちゃんと痛かったのです。

以下、回想。

いつもの朝と同じように目覚め、スーツに着替えて化粧をして、会議の資料を忘れていないかチェックもして、家を出ました。

が、ドアに鍵をかけてさぁ出勤だと振り返った瞬間、踏み出した足は行き場をなくして真っ黒な穴に落ちたのです。

以上、回想終わり。

短すぎますか？　でもそれが事実なのです。

知らない間に、私は赤い帽子の配管工にでも転職して土管《どかん》に入ったのでしょうか？　コインでも探せと？

んなわけあるか！

「とにかく、ここはどこだ？」

できる限りの平常心で周囲を見渡します。

……うん、何も無いですね。見渡す限りの大草原。え、ここ北海道《ほっかいどう》ですか？

しばらく草原をうろうろきょろきょろしていると、遠くから何かがやってきました。

ちょっとセレブなお宅にありそうな小人の置物を、全身緑色にして額《ひたい》に角《つの》を生やしたらこんな感じかな……って、え、何者⁉

せめて熊《くま》だったら北海道の可能性を残せたのに、さすがに見たことない未確認動物――UMA《ユーマ》が歩いているなんて、北海道どころか地球ですらない⁉

「わ、わ、私が何をしたっていうのですかぁぁぁ！」

思わず大絶叫しながら、大草原を猛《もう》ダッシュです。運動とは縁の無い自分史上最速のダッシュができたのは奇跡だな。

……ダッシュできたところで目的地どこですか。

ぜぇぜぇと息を切らす私。肺に過労を強《し》いてしまいましたが、お陰でUMA《ユーマ》の姿が見えない所まで逃げ切れました。とぼとぼと歩いていると、前方に集落のようなものが見えました。私は自分の幸運に感謝し、残りの力を振り絞って再び足を進めたのです。

……捕縛《ほばく》されました。

幸いUMA《ユーマ》ではなく人間のおじさんのような第一村人に発見され、あぁ助かったと思ったのも束《つか》の間、すぐに縛られ納屋《なや》のような所に放り込まれました。えー。

足に繋がれた鎖《くさり》が許すぎりぎりまで壁に近づき、外の様子を窺《うかが》っていると、村人達の会話が聞こえてきます。

「どうするんですかい？」

「どうもこうも、ありゃ魔族じゃねぇのか？」

「でも目の色は赤くなかったぞ？」

おやおや？

ここは日本ではないっぽいのに、なぜかここの言葉を理解できるようで何より。ですが、今魔族って言っていませんでしたか？

「今は小汚いが器量はなかなかのものだった。ちょうど明日、例の商人が来る予定だ。奴に渡せばいい値になるのではないか？」

商人？　どういうことだ？　話が見えない。

木でできた納屋《なや》の壁にはほんの少しですが隙間があり、そこから外を覗《のぞ》けました。建物から村人の服装まで、まるで中世ヨーロッパの農村を描いた絵画のようです。

人々の髪や目の色は赤や青などバラバラで、とにかくここが日本どころか私の生活していた世界ではない、と結論づけるのが妥当なようです。なんてこった。

異世界召喚やら転生なんて夢物語かとばかり。夢ならよかったのに。

その日は結局、いまいち現実を受け入れられないままに眠れぬ夜を過ごしました。ようやくうとうとしてきた頃に、納屋《なや》の扉が勢いよく開けられて第一村人が現れ、簡素なワンピースに着替えさせられました。ノックとか無いのか。

「ついてこい」

村人の命令に黙って従い外に出ると、そこには荷馬車のようなものがありました。

この世界には車は無いようです。何時代レベルなんだろう。

「乗れ」

「どこに行く馬車なのですか？」

顎《あご》で指図《さしず》する村人に、思い切って質問してみたのですが――

「答える義理は無い。さっさとしろ」

取りつく島も無いので、仕方なく溜息を吐《つ》いて馬車の中を覗《のぞ》いてみます。中には私と同じように簡素な恰好の、健康的とは言えない細い手足の少年少女が数人いました。

なんということでしょう。昨日聞こえた「商人」って、人を売買する商人だったのですね……。

腹を括《くく》って乗り込み、泣きながら怯《おび》え震える子供達を宥《なだ》めることにします。大人ですからね。

がたがたと荷馬車に揺られることおよそ一週間。

……その間に、すっかり子供達に懐《なつ》かれましたよ。

＊　＊　＊

馬車に揺られて田舎の村から賑《にぎ》やかな街へ連れてこられました。耳に入る情報から察するに、ここはローレアという国のようです。私達は奴隷館に入れられ、買い手が付くまでここで働くことになったのです。ＯＬだった私が、まさかの奴隷スタート。

どうやら馬車で子供の世話をしていたことが買われたらしく、私は奴隷館での家事労働全般を担《にな》うことに。

そして、奴隷館で働いている中で色々なお話を聞くこともできました。

この世界には魔法が存在するそうです。

まぁびっくりなファンタジーです。異世界小説ならあるあるか？

ここでの生活には各属性の魔力を秘めた魔石というアイテムが必要なようで、例えば料理をするには火力の魔石、風呂を入れるには水力の魔石といった具合に用途によって使い分けるそうです。

魔力の無い一般市民は市場でそれを買い、魔力のあるものは自分で作るのだとか。

そんなこの世界の常識を学びつつ、奴隷館での日々を過ごしていました。

最初は奴隷と聞いて眉をひそめたものの、そこまで非人道的な扱いは受けないようです。子供達が心配だったので、少しホッとしました。

面倒を見ていた奴隷館の子供達が次々と買われていく中、残念ながら私はいつまでも「残り物」です。

その理由は明白、私の値段が高過ぎるから。

誰が買うの？　っていうか、誰がそんなに払うの？　というくらいの値段です。

この奴隷館にいる奴隷達は金貨五枚が相場のようなのですが、私の値段は金貨三十枚。

どう考えてもおかしな値段設定です。

「あの、どうして私だけ値段がお高めなのでしょうか？　年齢もそこそこいっていますし、特技も無いですし……」

……なんで商人さんがびっくり顔なんですか。

「黒髪が珍しいことを知らないのか？　それにお前は器量がいい」

え、それだけ？　はぁ？

いやいやおかしいだろ、私より若くて可愛い子なんてたくさんいるのに！　我ながら悲しいけど！

黒髪の希少価値どれだけ高いの？　怖い。

しかし、いつまでもこのままではいられません。奴隷館で一生を終えるなんてまっぴらごめんなのです。

なので、誰か私を買ってください！

ご主人様は人並みの扱いをしてくれる方なら誰でもいいです！

……なんて思ったり思わなかったりしながらも、日々は過ぎていきました。


奴隷館での生活が三ヶ月ほど過ぎたある日。

買い手が付くのを諦《あきら》めかけていた私は、いつものように館内の掃除に精を出していました。箒《ほうき》で廊下を掃《は》いていると、商人さんを伴ったお客様がつかつかとこちらへ歩いてきます。

「彼女が欲しい」

びっくりして顔を上げると、目の前にいたのは、なんと勇者様でした。

突然やってきた勇者様の言葉に驚いているのは私だけではありません。商人さんもわたわたし、契約書やら算盤《そろばん》やらを引っ張り出したり落としたりしています。落ちつけ。

そもそも勇者様が来店した時点で充分びっくりなのに、何そのチョイス。

「わ、私、ですか？」

勇者様は金貨三十枚を机に置き、私をじっと見つめてこう言いました。

「やっと見つけた」

第一章

勇者様、それはもうファンタジー世界で王道中の王道の存在。

悪者を倒す選ばれし者です。

奴隷館で働くうちに色々学んだのですが、この世界には魔族、獣人《じゅうじん》、人間の三種類の種族が存在し、この世界を三分割してそれぞれの領土として生活しているらしいです。しかし、魔族の長《おさ》である魔王が世界を統《す》べるべく画策《かくさく》しているとのこと。

そんな魔王にぶつけるカードが、勇者という存在です。

勇者は、この世界の唯一神である女神様によって任命されるとのこと。任命されると証《あかし》として蝶《ちょう》の痣《あざ》が体のどこかに現れるそうです。

そんな選ばれし皆の憧れの勇者様が、今目の前にいる私を買ったお方なのです。

大変見目麗《みめうるわ》しく、歴代の勇者達が到達できなかった場所にも容易《たやす》く辿《たど》り着き、誰も倒せなかった魔物を討伐《とうばつ》してしまったという伝説の持ち主だそうです。

さらに、お仲間のパーティメンバーの皆様も一緒に魔王討伐《とうばつ》を目指していて、かなりの強者《つわもの》揃いだとか。

勇者様はその容姿と纏《まと》うオーラが人間離れしている上に、首元には勇者の証《あかし》である蝶《ちょう》の痣《あざ》があるため、私でも一目でそのお方が勇者様だと認識できました。

なぜそんな立派なお方が私のような奴隷を買う必要があるのか疑問は尽きないのですが、とにもかくにも、きちんと代金をお支払いいただいたのでお買い上げは完了です。

慌《あわ》てていた商人さんはやっと落ち着きを取り戻し、勇者様と私に言いました。

「奴隷を所有するには、契約が必要です。主人と奴隷に唯一無二《ゆいいつむに》の紋章を刻印します。紋章の果たす役割は主に二つ。基本的に奴隷は主人に逆らうことはできませんが、あまりにも奴隷に酷《ひど》い扱いをしようものなら主人に痛みを与えること。そして逆に奴隷が契約に反して主人に危害を加えたり命令に背《そむ》いたりすれば、奴隷に痛みを与えること。よろしいですか？」

勇者様が神妙な顔で頷《うなず》いたので、私もそれにならって頷《うなず》きます。

「では、さっそく刻印をします。体のどこでもよいので、刻印したい場所にお互い口づけしてください」

口づける瞬間に、刻印師の資格を持つ商人さんが魔力で紋章を形成するとのこと。

私は勇者様に手の甲でよいのか確認してから、口づけました。恥ずかしい。

そして、勇者様はどこを選んだのかというと……

「え!?　こ、ここですか」

「そうだ。問題なかろう」

私と商人さんの引き攣《つ》った顔にはお構いなしに、ニコニコと答える勇者様。

私は仕方なく、スカートの裾《すそ》を持ち上げ、右足を差し出します。

勇者様は、躊躇《ためら》いもなく私の太ももに口づけました。

奴隷の足にキスする勇者様とか大丈夫なのか、おい。そもそも絵面《えづら》的にも大問題のような気がしますが。

羞恥心《しゅうちしん》で顔が熱い。

「こ、これにて契約成立です」

商人さんが戸惑いながらも成立宣言をしたので、ほっと一息です。怖くて勇者様の表情なんて確認できませんが。

そんなこんなで、私は晴れて（?）、勇者様の奴隷となったのです。

＊＊＊

奴隷契約が終わり、奴隷館の商人さんや子供達に急いで別れを告げました。勇者様の後ろについて館から外に出ると、そこにはパーティメンバーと思われる方々がいらっしゃいます。

知的な眼鏡イケメン、巨乳の美女、筋骨隆々《きんこつりゅうりゅう》のイケメン。

もうそこだけ別世界なのではないだろうか、というくらいに煌《きら》びやかな方々でした。

え、私これからあの空気の中で生きていくのですか？　何ですかその罰ゲームは。

皆様は私の顔を見ると、「本当にいたなんて……」と驚いた顔で口々に言い合っています。どういうこと？　じろじろ見るのはやめてください、美形集団怖い。

「あの、勇者様」

恐るおそる勇者様に話しかけた途端、ちくりと内腿《うちもも》に痛みが走りました。

命令に背《そむ》くと刻印が痛むという契約内容、忘れてた。

「俺のことは名前を呼び捨てにすること、敬称は無し。それが契約の一部だ」

振り向いた勇者様は少しだけ不機嫌そうに、そうおっしゃいました。

うん、これは商人さんが契約内容を再三確認していたのも納得ですね。

勇者様を呼び捨てする奴隷になれってか。

「申し訳ありません、お名前を存じ上げていないのです」

「勇者殿の名前はレオン・ドリアーティ。レオン殿ですよ」

苦笑いしつつもこっそりと耳打ちしてくれたのは、燃えるように赤い髪を背中まで流している、眼鏡のイケメンさんです。

柔和《にゅうわ》な瞳が、レンズの向こう側で紫色に揺らめいています。近い近い。

ローブ姿ということは、この方は魔法使い様なのでしょうか。

「僕はルイ。見ての通り、魔法使いです。よろしく」

にこりと笑ってそう言ったルイ様は、優しそうな方で安心いたしました。

「わたくしはミリアよ。可愛い女の子が仲間になってくれて嬉しいわ」

ルイ様を押しのけてそう言ったセクシーな女性は、耳が尖《とが》っていて弓を持っているので、テンプレ通りならエルフのようです。

「彼はスレインよ。見ての通り、戦士なの」

ミリア様が紹介してくださった男性は、控えめに「よろしく」と言って軽く微笑みながら会釈《えしゃく》してくださいました。少年のような目をしていますが、大剣を背負う、いかにも戦士といったマッチョなお方です。

「ユ、ユウです。これからよろしくお願いいたします……」

戸惑いながらも皆様に深々とお辞儀をします。初対面の挨拶《あいさつ》の重要性は、社会人生活で痛感してまいりましたので。

「おい、ユウ。俺のことを無視するな。俺のことはレオンと呼んでくれ」

またもや不機嫌そう、というよりただの駄々《だだ》っ子のようにおっしゃる勇者様。仕方なく、お望み通りに呼ぶことにします。

「レ、レオン」

「よし、それでよい。さらに言えば、俺には対等に接してほしい」

勇者様は王子様のような笑顔でそう言うと、私の腕を取り、近くの洋服屋さんに引っ張り込みました。そこでワンピースと靴を買っていただき、試着室のような場所で着替えさせられます。

疑問が多過ぎて何から聞けばいいのかわからずにオロオロしていると、私を気遣ってかミリア様が声をかけてくださいました。

「心配しないで。みすぼらしい恰好のままでいさせたくなかっただけなの。当座凌《しの》ぎだからあまり気に入らないかもしれないけれど、後でちゃんと買いなおしてあげるわ」

「ミリア様。あ、ありがとうございます」

ミリア様の銀色の髪はふわふわと波打つように輝いていて、その美しさにしばし見とれてしまいました。

「ユウ殿、これから僕達がこの街で拠点にしている宿に向かいます。わからないことばかりで不安でしょうが、ご心配はいりません」

「ちょっとルイ！　わたくしが話していたのに邪魔しないでちょうだい！」

ぐい、とミリア様に腕を組まれたのですが、あの、胸が当たってます当たってます、私が殿方だったら鼻血で死ねるレベルです。何カップあるのそれ。

その様子を呆れたように見ていたスレイン様から、助け船のような横槍《よこやり》のようなお言葉が。

「あんまり道端で騒ぐと余計に目立つぜ？　さっさと宿に行こうや」

そうして理解が追いついていない状態のまま、皆様が宿泊されているという近くの宿に連れていかれました。

宿に着くと、勇者様のお部屋へ案内されました。かなり綺麗で広いお部屋です。

お部屋の広さに感動していると、え、え？　レオン以外の皆様がご自分のお部屋へさっさと行こうとしてるんですけど！

「あ、あの、ミリア様達はどちらに行かれるんでしょうか？　行かないでください二人きりにしないでください！」

＊　＊　＊

何がどうしてこうなったのか。

あまりにも汚い私を見兼ねたのでしょうか？

とりあえず風呂でも入ったらどうだ、と言われてそのままバスルームなうです。

バスタブにはいい香りの入浴剤が入っているようで気持ちがいいです。

この世界に入浴剤があったことにはびっくりしましたが、いちいちびっくりしていたら身が持たない気がしてきたのでスルースキルを身につけたく思います。

しかし、風呂に入れということは……

やっぱりそういうお相手ということになるのかしら。

子供の奴隷と違って、私は成人女性ですし……

ぶくぶく――頭の先まで思考と一緒にお湯の中へダイブしてみます。

村で捕獲された時、奴隷になった時、勇者様に買われた時――。その時々でそれなりに覚悟をしたつもりでいました。

それでも、やはりその程度の覚悟でしかなかったのかもしれません。

ぶは――頭部と共に浮上した意識は私を叱咤《しった》します。

「……耐えてみせる！」

たとえ、勇者様が他人に言えないようなアブノーマルな性癖《せいへき》の持ち主だったとしても。

それが痛みを伴うものだったとしても。

命を落とすよりはマシなはず。

ぱしゃり、とお湯を顔にかければ気合いが入ったような気がします。

大丈夫、私は大丈夫。そう言い聞かせて……

……などと、固めた私の決意を返してください。

バスルームから出たところ、勇者様がソファで寝ています。どういうことですか。

「勇《ゆう》……レオン？」

しゃがみこんで声をかけてみても、少しも動きません。

せっかくの覚悟も引っ込んでしまいました。

寝るならベッドで、と思っても私には彼を運ぶ力なんてありません。

さて困りました。

主人のレオンをソファに寝かせて自分はベッドに、なんて奴隷はありえません。

何ともまぁ無防備な寝顔にほっこりするやら拍子抜けするやら。でも風邪をひかせるわけにもいきませんよね。

「起きてください、レオン！」

肩を掴んで揺らすと、ようやく目を開けてくれました。

「……どうかしたか？」

ぼんやりと目を擦《こす》る姿は少しだけ幼く見えますね。

「あの、ベッドで寝ないと風邪をひきます」

起き上がらせようと手を伸ばすと、突然ぐいっと引っ張られました。

「っ!?」

自分の唇にレオンの唇の柔らかな感触を感じた瞬間、勝手に手が動いてしまいました。

ぱしん、と乾いた音が室内に響きます。

「いって……」

「も、申し訳ございません！」

何の前触れもなく突然キスされた私は、脊髄《せきずい》反射的にレオンの頬を引っ叩《ぱた》いてしまったようです。

命を落とすよりマシなはず、どや！　なんて心の中でぬかしていた私ですが、無意識には勝てませんでした。

とはいえ主人に手をあげてしまうという奴隷失格過ぎる事実は変えようがありません。

ひたすら土下座です。

頭を下げたままなので、レオンのお顔はわかりません。

けれど何も答えてくれないのはきついものがあります。

……ん？　そういえば刻印が全く痛みませんね。

不審に思いつつ恐るおそる顔を上げると、え、え？

「レ、レオン……？」

どうしよう、ダメな人だ。

なんで奴隷に頬引っ叩《ぱた》かれて嬉しそうなの、この人!!

「む？　もう終《しま》いか？　まだもう片方も空《あ》いているぞ」

ほれ、と逆の頬を差し出すレオン。

え、本気で本気の困惑なんですが。

それにですね。

「あの、主人を叩いてしまったのに刻印が痛まないのですが……」

「それはそうだろう。俺はユウに叩かれて喜んでいるのだからな」

「は、はい？」

ドン引きする私のことなんて全く気にせずに、頬を差し出し待機しているレオン。

「何をしている？　主人の望みを叶えるのが奴隷の仕事ではないのか？」

どうしよう、奴隷契約した主人がM《エム》だった時の対処法、習ってません。

――その後、もう片方の頬も叩く羽目《はめ》になったわけですが、さらにおかしな命令をされました。

「……本当に言うんですか？」

「何度も言わせるな」

きもちわる、じゃなくて、不本意ですが主人の命令は絶対なので仕方ないのです。

決して私の本意ではないのです。

〝待て〟されたわんこよろしく、期待に満ち満ちた瞳でこちらを見つめる主人の期待に、応《こた》えなければならないのです。

「レ、レオンは床で寝ればいいでしょう。ベッドで一緒に寝ようなんて愚《おろ》かなことは言いませんよね？」

「当たり前だ！」

「ソファもいらないですよね？　毛布だけあげます」

「有《あ》り難《がた》き幸せ！」

予想以上に大喜びで床に寝転がるレオンに戸惑いを隠せない。

こんなご主人様にこれからお仕えするのかと思うと、溜息しか出ません。

＊　＊　＊

鳥の鳴く声で目が覚めました。

ふかふかの大きなベッドで快眠でしたよ。

寝る直前の出来事を思えば、よくまぁ眠れたなぁと自分の神経を疑いましたが、お布団の気持ちよさには勝てないですから仕方ないですね。

「おはよう」

私が起き上がると、レオンが声をかけてくださいました。手には二つのコーヒーカップ。

モーニングコーヒーが準備されているなんて贅沢《ぜいたく》ですね。

……ご主人様自《みずか》ら淹《い》れてくれるとは。

「お、おはようございます」

急いでベッドから飛び起きると、レオンは微笑みながらマグカップを差し出してくださいました。

ありがたく受け取り一口啜《すす》ります。

「あつっ！」

寝起きでぼんやりしていたせいで、勢いよく口に流し込んでしまいました。私の反応を見ていたレオンが心配そうにおろおろしています。あちち。

「すみません、猫舌なもので……」

「そうか。次からは少し冷ましておこう」

「いやいや、そこまでしていただくわけに、は」

言い終える前にレオンは氷魔法でコーヒーポットを冷やしています。

……ここまで残念なイケメン、初めて見ましたよ。

本来なら優しくてイケメンな勇者様とか、優良どころじゃないレベルの最高物件のはずです。けれど昨夜のドM《エム》っぷりを見た今、もはや事故物件にしか見えません。

とはいえ、今はコーヒーのお礼にレオンの喜びそうなことを言った方がいいような気がします。

元OLは、空気読むの得意ですから。

「つ、次からは気をつけてくださいね」

「はい！」

元気なお返事ですね、っておかしいだろ。

パーティメンバーの皆様がこのことをご存知なのか、気になってきたな。

「あの、レオン？」

ようやく口をつけられる程度に冷めたコーヒーを啜《すす》り、質問タイムに入らせていただきます。

「パーティメンバーの皆様について教えていただけますか？」

テーブルで優雅にカップを傾《かたむ》けていたレオンが訝《いぶか》しげにこちらに顔を向けます。

「あいつらのことは草木とでも思えばいい」

「……そうもいかないでしょう」

「その場合、俺のことは石ころか虫ケラだと！」

「パーティメンバー様について教えなさい」

語気を強めてそう言うと、レオンの相好《そうごう》が崩れました。

なんて嬉しそうな顔をなさるのですか……

「ルイは幼馴染《おさななじみ》で、幼少期から行動を共にしている。あいつは昔から魔力が阿呆《あほう》みたいにあってな。俺が正式に勇者に選ばれた時に、魔法使いとして同行すると決めたようだ。つき合いは一番長い」

幼馴染《おさななじみ》と一緒に冒険の旅に出るなんて、なんだかいいですね。きっと仲良しなのでしょう。そうなると、少なくともルイ様はレオンの正体、というか性癖《せいへき》をご存知なんだろうな。

「逆に一番最近知り合ったのがスレインだ。この街に来る少し前だったかな。賭け闘技場という、選手同士の戦いに金を賭ける違法な場所で見つけた」

「か、賭け!?　あんなに穏やかそうなスレイン様が!?」

「今のあいつからは想像がつかんだろうな。当時は無敗のチャンピオンとして闘技場では人気があったんだ。探し人がいるとかで名を上げようとしていたらしいが、上手くいっていなかったようだ。それで、俺達と旅をする方が効率的だと思ったらしく、同行することになった」

確かに筋骨隆々《きんこつりゅうりゅう》なスレイン様でしたらそこらへんの闘技場なら敵無しでしょうが、まさかあの少年のように澄んだ瞳の持ち主が賭け闘技場に参加していたとは意外です。

「ミリアとは、『エルフの里』に偶然迷い込んだ時に知り合った。エルフの中でも能力が抜きん出ていた上に性格にも癖があったせいか、族長も扱いを持て余していてな。ちょうど回復魔法が使える後衛がいなかったし、引き取ることになった」

「エルフの里なんてものがあるんですね」

「幻術がかけられていて、普通は見つからないようになっているらしい。ルイの魔力が高いせいか、俺達は偶然入れたんだが」

「へえ、ルイ様って凄い方なんですね」

エルフの里ってどんな所なんだろう、幻想的なのかな、なんて妄想を膨《ふく》らませていると、レオンが真剣な面持《おもも》ちでこちらを見てきました。なんだなんだ？

「……ユウはルイのような男が好きなのか」

「は？」

この勇者様は急に人の思考を邪魔するのが好きなのでしょうか。

今、そんなお話少しでもしていましたか？　していませんよね？

「どうなのだ！」

「どうもこうも、どうして急にそんなことをおっしゃるんですか？」

「俺のことを放置して物思いに耽《ふけ》っていたではないか」

頬を膨《ふく》らませているレオンに、私は開いた口が塞《ふさ》がりません。

確かに物思いには耽《ふけ》っていましたが、それがなぜルイ様に繋がるのでしょうか。

「プレイでない放置など面白くない！」

「……朝から全力投球ですね」

「ユウは俺だけを見ていればいいのだ」

「はぁ」

私のどこが勇者様の琴線《きんせん》に触れたのか、全く理解できませんね。

すっかり冷めてしまったコーヒーを飲み干して――はてさてどうしたものか。


朝のシャワーまで浴びさせてもらい、すっきりさっぱりです。

あまりの気持ちよさにぼーっとしていて、つい、うっかり、バスタオル姿で脱衣所を出たらレオンが土下座していました。なんで。

「申し訳ない！」

「あの、なんで土下座してるんですか？」

「まだ新しい服を用意できていないのだ！　申し訳ない！」

とはいえ、昨日服を買っていただいたばかり。そんなに長時間着ていたわけでもありませんし、そもそも土下座するほどのことじゃないのですが……

「今ミリアに買いに行かせているのでしばらく待ってくれ！」

「は、はい」

いくら同じ女性とはいえ、ミリア様に雑用をお願いしているようで心苦しくなります。奴隷の服なんて、何でもよろしいでしょうに。

「あの、土下座やめてくれませんか？」

「俺なんかがその美しい肌を見るなどと‼」

「……色々おかしいですよ」

昨夜は勝手にキスしてきたくせに、今回は土下座なのですか。この勇者様の基準がわからない。奴隷の裸を見ようと何をしようと、主人なのだから問題などありませんが。

「私は服なら何でも構いませんので、あまりミリア様にご迷惑をおかけしないでください」

昨日のお洋服もミリア様のお見立てだったと記憶しています、シンプルながらも上質な素材で作られているのがわかる、肌触りのいいワンピースでした。

「迷惑などかけていないぞ！　ユウに似合う服を見繕《みつくろ》ってくるよう頼んだだけだ！　色々細かく指定しておいたから、楽しみにしていてくれ」

……怖い。

とっても怖い。

叩かれて喜んだり床で寝るよう命令させるレオンの服の好み怖い。

「後で皆さんとお話をするお時間をください」

色々聞きたいし、釈明したい。

「ユウは俺のものだと言っているだろう！」

「えぇ、私はレオンの奴隷ですよ。皆さんの見解と、今後のことを聞きたいだけです」

だから安心して落ち着きましょう。

そして私を安心させてください。

自分がどんな立場に置かれているのか、いつまでその立場でいればいいのか、確認をさせてください。

とりあえずはレオンの性癖《せいへき》の相手をすればいいのでしょう。戦力外まっしぐらな私が、魔王討伐《とうばつ》のための戦闘メンバーに入れるとは思えません。

また、レオンが自《みずか》らの性癖《せいへき》を満たすために私を買ったことを皆さんがご存知なのかも気になります。

違うな、そもそもレオンの性癖《せいへき》を皆様がご存知なのかが気になるのです。

「お願いを聞いてはもらえませんか？」

「聞けぬ」

「……わ、私の言うことを聞きなさい」

「承知した！」

早くもレオンの扱いに慣れてきている自分が悲しいです。


そうこうしているうちに、ミリア様がお買い物から戻られました。

さっそくミリア様が買ってきてくださったお洋服を一着試してみることにします。

……レオンはどんな注文をしたのか、いや、見当はついちゃうんですけども。黒い革で作られたその服は、何というか、ボンデージ衣装を彷彿《ほうふつ》とさせます。

コルセットのようなトップスに、ミニスカートとニーハイブーツ。何このコスプレ。

けれど他の服は、もっときわどかったんです。

「……まともなものでこれですか」

「ごめんなさいね」

ミリア様は悪くないのに、申し訳なさそうに謝ってくださいました。

こんなものを探させたレオンに問題があるのです。むしろこんなにアレな服を買わされたミリア様に同情を禁じ得ません。

一方のレオンは、私の全身を眺め、大変満足そうに頷《うなず》いています。

「不服ならばミリアに他の服を買ってきてもらうが」

「やめてください、レオン」

またもやミリア様に買い物に行かせようとするレオンを阻止です。もうミリア様にこれ以上ご迷惑をおかけするわけにはいきません。

「試着していない服は返品できるはずです。ミリア様、せっかく私のために買ってきていただいたのに申し訳ありませんが、これから返品するついでにレオンと一緒に洋服を買ってきます。ミリア様はごゆっくりなさっていてください」

レオンにお財布を任せていたらあっという間に空《から》になりそうです。それはちょっと、いやかなり問題です。皆様のお財布事情は知りませんが、無駄な出費なんて無いに越したことはありません。

私の心配をよそに、レオンはなぜか嬉しそうににやけていらっしゃいます。この女王様ルックのまま出かけるのは大変恥ずかしいですが、他の服はもっと恥ずかしい思いをしそうなので仕方ありません。

レオンに「行きますよ」と言い放ち、スキップでもしそうなテンションの彼と宿を出ました。

……スキップしないで勇者様!!

＊　＊　＊

女王様テイストのお洋服を全て返品し終え、やっと普通のお洋服を買っていただき、宿に戻った頃にはもうお昼を過ぎていました。

案の定、レオンの選ぶ服は普通じゃないため、買い物するにも一苦労でした。

食堂に集まっている皆様のもとへ行くと、自然な仕草でレオンにエスコートされ椅子まで引かれました。もうただの紳士だと思えば、多少は心労が減るのでしょうか。

「遅くなりました、申し訳ありません」

私が頭を下げながらそう言うと、レオン以外の皆様は同情するように微笑んでくださいました。

「改めまして、ユウ・アヤセと申します。これから、よろしくお願いいたします」

と自己紹介をしてみたものの、この世界では名前、苗字の順であってるのかな？　でもレオンもレオン・ドリアーティって言ってたし、たぶん大丈夫だろう。うん、もう言っちゃったし。

「こんなおかしな主人で申し訳ありません。こちらこそよろしくお願いします」

ルイ様から謝罪されてしまいました。幼馴染《おさななじみ》のルイ様から見ても、やはりおかしな人なのですね、レオンは。

昼食のパンを頬張っていたスレイン様も顔を上げて笑っていらっしゃいます。

「ミリアから聞いてはいたが、もうレオンさんに順応しているとはな！」

「わたくし、ユウならやっていけると思うわ」

今のところ一番巻き込まれていらっしゃるミリア様。そのお墨付《すみつ》きで、私が安心できるとお思いなのでしょうか？

私達の会話を聞いて、さすがにレオンも思うところがあったようです。

「お前ら、俺を何だと思っているのだ」

不服そうなレオンの表情を見る限り無自覚だったようですが、貴方は皆様から変人だと思われているのですよ。

とにかく皆様はレオンの性癖《せいへき》をご存知のようで少し安心いたしました。

隠さなければならないとしたら、それはとても面倒そうなので。

「契約内容に今更とやかく言えませんので、主人であるレオンの意思をできる限り尊重したいとは思っております」

あくまでもできる限り、です。

多少抗《あらが》っても刻印の痛みは大したものではないので問題はありません。

本当なら全力で抗《あらが》いたいような意思ですけれども。

「パーティメンバーの皆様にも、主人と同様にお仕えする所存です。何でもお申しつけください」

それから自己紹介がてら、身の上も話しておきました。

この世界の人間ではないため、この世界について詳しくないということ。

特段、何かに秀《ひい》でているわけではないこと。

信じてくださるかはわかりませんが、奴隷としてお仕えするならば私がどんな人間なのか知っていただいた方がよいだろうと判断したのです。

下手をすれば頭のおかしい人認定されて、ポイされてしまうような内容ですけれど。

そんな私の心配は杞憂《きゆう》だったようで、ルイ様がやけに真面目な表情で口を開きました。

「その髪と目の色は、普通の出自ではないと思っていましたが……」

やっぱり。自分がレアなことには薄々気付いてはいました。だって黒髪の人を見たことが無いんですもん。

「異世界人か、面白そうじゃねぇか」

面白味を求めないでください、スレイン様。

異世界人などと自分でも信じがたいことを簡単に信じてくださるのは有り難《あがた》いのですが、警戒心は無くてもよいのですか？

「レオンが奴隷契約なんてしたけれど、貴方のことは仲間として受け入れるつもりよ」

ミリア様はそう言って笑いかけてくださいます。エルフではなく天使か女神様じゃないでしょうか。なんてお優しいのでしょう。

レオンじゃなくてミリア様と契約したかった！

レオンが注文してくれた、やたらと甘いフレンチトーストを遠慮なくいただいている間に、皆様は本日の予定をご相談なさっています。

「今日は『ダンジョン』に行こうと思っている」

決定権は当然ですが、勇者様でリーダーのレオンにあります。

ダンジョンという言葉はゲームの中では聞いたことがありますが、もちろんこの世界のダンジョンには詳しくありませんので、尋ねてみることにしました。

「ダンジョンとはどういうものなのですか？」

「ダンジョンを知らないだけでも、ユウが異世界人だという証拠になるわ。簡単に説明するわね、ルイが」

ミリア様に指差されたルイ様は呆れているようです。

「すぐそうやって丸投げするんですから……。そうですね、簡単に言えば魔物や便利なアイテムが、不定期かつ無尽蔵《むじんぞう》に出現するという、不思議な地下の迷宮です。ダンジョンによって出てくる魔物の強さは異なり、ダンジョンの情報はまとめて『ギルド』という組織が管理しています」

私がふむふむと頷《うなず》いていると、ミリア様が補足してくださいました。

「ダンジョンにいる魔物を倒すと、その魔物の素材を得ることができるの。それに、各ダンジョンの最下層にいる魔物を倒した際にはその魔物の特性を持つ魔石を入手できるんだけど、ギルドではそれらを換金できるのよ。で、誰かがダンジョンの最下層にいる魔物——ラスボスを討伐《とうばつ》すると、そのダンジョンは自然消滅するってわけ」

「ご説明ありがとうございます、ルイ様、ミリア様」

お礼を言いながら思うのは、ＲＰＧの世界そのまんまやん、なんて間の抜けた感想でした。

「ギルドの説明は実際に行ってからでいいんじゃねぇの？」

スレイン様がそう言うと、ルイ様が頷《うなず》きます。同意見のようですね。

「スレイン殿の言う通りですね。レオン殿はユウ殿に冒険者登録をさせるつもりなのでしょう？」

「当然だ」

当然なのですかそうですか。っていうか冒険者登録って何？

「では、ユウ殿の装備を整える必要がありますね」

え、ルイ様まで何をおっしゃっているのですか？

私が話についていけず、あたふたと皆様のお顔を見比べていると、スレイン様が楽しそうに笑いながらおっしゃいました。

「どんな武器が向いているんだろうな。華奢《きゃしゃ》だから重そうな武器は難しいか」

え、もしかして私も戦闘要員なのですか？　私ダンジョンとか行けないですよ、戦闘力皆無ですよ。でも奴隷としては楽をしているわけにもいかないのか？

その後の話から察するに、どうやらギルドに冒険者登録とやらをすると、この世界での身分証明になるようです。身分証がいただけるのは大変有り難《あ》《がた》いのですが、登録するのにはお金がかかるそうです。装備も整えるとなっては、私にかかる費用はどれくらいになるのでしょうか。

そもそも私なんかが同行して足手まといにならないでしょうか。

「ユウのレベル上げもしたいが、まずはユウの身体能力を確認しておきたいな」

張り切りモードなレオンには申し訳ありませんが、そ、と手を挙げて発言権を求めます。

「あの、よろしいでしょうか……？　私なんかのためにお時間を割《さ》いていただいてもよろしいのでしょうか？」

レベル上げ、というのならばステータスやレベルが数値として存在するのでしょう。それこそゲームのように。私のそれがとても低いことは想像に難《かた》くありません。だって何もしてませんから。

そんな私につき合っていたらいつまで経っても魔王には辿《たど》り着けないのでは？

私の疑問に気付いたのか、ミリア様がにっこり笑って答えてくださいました。

「通常の魔物からなら、わたくし達でもユウを守れるわ。でも、貴方自身が自衛できればそれに越したことはないでしょう？」

「巷《ちまた》で噂されているほど、魔王の侵攻は進んでいない。万が一の事態が起きる前に、ユウ自身が強くなっておいた方がよいのだ」

そうレオンが断言するのならば、私も頷《うなず》くしかできません。

「皆様がそうおっしゃるのなら、そういたしますが……」

なぜそこまでのリスクを負ってまで私と契約したのか甚《はなは》だ疑問ではありますが、主人に守られる奴隷というのもどうかと思います。少しでも戦力として皆様のお役に立てるのなら本望です。ということにしておきます。

「それでは、お言葉に甘えさせていただきます」

私がぺこりと頭を下げると、レオンは満足げな顔でフレンチトーストを頬張りました。

奴隷とは思えない厚待遇を受けているご恩を返すためにも、強くならなければなりませんね。

召喚やら転生やらにありがちなチート能力でもあればいいのですが、奴隷スタートでは期待できないかな。

＊　＊　＊

ギルドに登録する前に、私の現在のステータスを確認してみようということになりました。

ステータスは、声に出して唱えると空中に文字が表示される仕組みで、視認できる範囲にいれば他人にも見えるそうです。心の中で唱えれば自分にだけ見えるという便利仕様です。

私はさっそく唱えてみます。

「ステータス」

【名前】ユウ・アヤセ　24歳
【レベル】5
【種族】人間

【職業】奴隷
【魔法】無属性
【体力】500
【魔力】700
【敏捷《びんしょう》】200
【筋力】150
【スキル】言語開放・料理・掃除・保育・調教
【称号】異世界人・勇者の奴隷

これが私のステータスです。

ギルドに登録すれば、これに〝冒険者ランク〟が加わるとか。

最初は一番下のFランクからのスタートだそうなので、私の冒険者ランクはFになるのでしょう。

スキルの筆頭にある〝言語開放〟なるもののおかげで、この世界の言葉も理解できているようです。

〝家事スキル〟は奴隷館での生活のおかげかと思われますが、果たして〝調教〟とはどこから出てきたのですか。

じっくり自分のステータスを確認していると、んん？

「この、魔法の欄にある〝無属性〟というのは何でしょうか？」

ちょっとした質問のつもりでしたが、それを聞いたルイ様の表情が引き攣《つ》っています。

「……説明しますので、一旦ステータスを閉じてください。『ステータス、終了』と唱えるだけです」

慌《あわ》ててステータスを閉じます。何だろう、怖いお話なのかな。

「魔法に属性があることはご存知ですよね？」

「一応、火、水、雷、氷が一般的に普及している属性と教わりました。回復魔法を扱える光属性をお持ちの方はごく少数で、闇属性は魔族限定、なんでしたっけ？」

「模範解答ですね。基本的には魔法を使える者でもその属性は一人一つですが、僕やレオン殿のように、魔力の高い者の中には複数の属性を扱える者もいます。光属性はミリア殿のようにエルフが多く所持している傾向があります」

「なるほど。魔法が使えない人も少なくないと聞いていたのですが、無属性というのもそういうことなのでしょうか？」

「いえ、全く逆です。先程ユウ殿が答えてくれた一般的な属性魔法以外に、特異魔法というものが存在します。ユウ殿の無属性魔法は、その特異魔法の一種なのですが、一般的な属性魔法と異なり、複数人が所有することの無い属性なんです」

ややこしい話に混乱していると、ミリア様がまたしても補足してくださいます。

「つまり、無属性っていう魔法を使えるのは、この世界でユウだけってことになるのよ」

「え、それってとんでもないことなのではないでしょうか⁉」

意外過ぎて驚きを隠せませんが、隣ではレオンがはしゃいでいます。

「素晴らしい！　さすがは俺のユウ！　特異魔法の所持者だったとは！」

いやいや喜んでる場合ではないですよレオン。無属性とやらがどんな魔法なのかわかりませんが、希少どころじゃないびっくり案件ですよ。あとどさくさに紛れて「俺の」って言うな。

希少価値が黒髪以外にも増えました、って喜べないやつです。

まぁ、魔法なんて使ったことがない上に、無属性なんて言われてもどんなものなのか見当も付きませんが。戸惑うことばかりで少々疲れてきました。

「よし、あとは装備か。最適な武器を判断するために、今日はギルドの訓練所を借りてユウの身体能力の測定をしようと思う。ギルドへの登録はその後でも問題なかろう」

……戦闘要員になれるような身体能力だとよいのですが。

＊　＊　＊

各国に必ずある冒険者ギルドには、漏れなく訓練施設が併設されています。

冒険者になったばかりの初心者さんが訓練したり、魔法使いさんが新しい魔法を試すための場所だそうです。

特筆するような設備など無い、中が荒野な体育館みたいな場所です。

レオン以外の皆様はダンジョンに行かれたので、レオンと二人でやってきました。

そして、二人きりで来たことを早くも後悔しています。

「で、なんで鞭《むち》なんでしょうか」

訓練用にレオンから手渡されたのは、鞭《むち》です。

間違いなく、どう前向きに見ても鞭《むち》です。

「ユウは武器の類《たぐい》は不慣れだろう？　刃のあるものでは怪我《けが》をしかねないからな」

「いや、でも木の棒とかですね」

「そんなものが役に立つわけがないだろう。鞭《むち》ならば扱いもそう難しくはない。実際に武器として優秀なものもある」

「……そこまでおっしゃるなら、まぁわかりました」

とりあえず、ゆるゆると何度か振るってみると、ぴしり、と弱い音を立てて地面に当たります。

うーん、レオンのお話ではとても凄い武器のようでしたが、私に上手く扱えるのでしょうか。

「まずは、この落ちている棒切れを狙《ねら》ってみろ」

レオンはそう言って、私から一メートルほど離れた所に棒切れを置きました。

「はい！」

うりゃ、と棒切れを狙《ねら》って鞭《むち》を振るいます。

「惜しいな。もう一度やってみろ」

「はい」

何度かそんなやり取りを繰り返していると、コツを掴めたのか狙《ねら》った通りに鞭《むち》が動いてくれました。

ぱしんと乾いた音を立てて、棒切れは宙を舞います。

「いいぞ！　そのままその棒を狙《ねら》い続けろ！」

お返事する余裕は無いので、落下する棒を狙《ねら》い続けます。

息も上がって腕の筋肉は痛みますが、動きを止める訳にはいきません。

ぜぇはぁ言いながらひたすら棒切れ目掛けて鞭《むち》を振るいます。

「ふむ、そろそろいいだろう」

棒切れが棒の形を成さなくなり、私の右腕もいい加減言うことを聞かなくなってきたところで、レオンのオッケーが出ました。

声も出せずにその場にへたり込みます、疲れました、ぶへー。

「よく頑張ったな。なかなか筋《すじ》がいい。鞭《むち》が向いているのかもしれんな」

そう言ってレオンは水が入ったコップを渡してくれました。

……鞭《むち》が向いてるってちょっと人聞きよろしくないんじゃないでしょうかね。この世界ではそうでもないのかな。

水を飲み終わって後ろを振り返ると、そこには信じがたい光景が。

「レ、レオン？」

なんとレオンの体が、自在に動く紐《ひも》によって丸太に括《くく》りつけられているではありませんか。それも結構きつめに。どうやらこれが魔法というやつのようです。何属性になるんだろう。

楽しそうに紐《ひも》に巻かれているレオンに、不吉な予感しかない。

「……何をしてらっしゃるのでしょうか」

「見てわからんのか。俺の動きを封じている」

そうじゃないです。

何がどうしてどうやったらそんな展開になるんでしょうか。

「静止した標的を狙《ねら》うのはもうマスターしたようだからな。今度は動いているものを狙《ねら》えるようにしようと思う」

「それと今のレオンの状態に何の関係があるのでしょう」

「ハンデというやつだ。ユウの鞭《むち》程度、俺であれば避《よ》けることは容易《たやす》い。当たるわけがない。だから行動を制限してやろうというわけだ」

「は、はあ……。って、目隠しまでするんですか？」

「当然だ。見えればユウの動きが予測できてしまうからな」

両手首も両足首もぎゅうぎゅうに縛っていては、動きようがないのではないでしょうか。

さぁかかってこい、と声高に叫んでらっしゃるレオンですが、あの、いくらなんでも私にも良心とかありますよ？

「ふん。なんだ、まだハンデが足りないか？　もう少し縛ってやろうか？」

「……違いますよ」

煽《あお》るようなその口ぶりには、さすがにかちんときましたよ。

やってやろうじゃありませんか！

「俺を傷つけたところで契約違反にはならんから安心しろ。まぁ、そもそも当てられるのであればの話だがな」

絶対当てる!!

……おかしい。

おかしいですよ。

序盤こそどうやって動いてるのか理解不能な体勢と速度で鞭《むち》を避《よ》けていたレオンでしたが、途中で少々足を縺《もつ》れさせてから一気に動きが鈍《にぶ》くなりました。

一度鞭《むち》が掠《かす》ってからは、それがより顕著《けんちょ》に。

すっごい命中率上がってるんですけど。

鞭《むち》、ビシバシ当たってるんですけど。

「ははは、ユウの力はその程度か？　当たったところで痛くも痒《かゆ》くもないな！」

「いや、当たった場所、赤くなってますけど……」

最初から微《かす》かに感じていた疑いが確信に変わりました。

「っていうか、当たりに来てますよね？」

「そ、そんなわけが無いだろう！」

うわぁ。

これもう完全にプレイだ。

そういうプレイになってる。この展開、最初から狙《ねら》ってやがりましたね？

「な、なぜ打つのをやめるのだ！」

「……私の武器は片手剣でお願いします」

この一時間の訓練は何だったんだ。がっくり。

……想像以上に主人が変態だった場合の正しい奴隷マニュアル、誰かください。

＊＊＊

昨日は勇者様の特殊性癖《せいへき》を満たしてしまうという結果にはなりましたが、とりあえず勇者様の凄さはわかりました。いや私の身体能力の確認だったはずなんですけどね。

そりゃ雁字搦《がんじがら》めにされながら目にも留まらぬ速さで動けたら、それだけで伝説ですよ。

さて、形ばかりとはいえ一応身体能力を確認していただいたらしいので、今日は朝から冒険者ギルドに来ています。私の冒険者登録をし、装備を整えていただくためです。

宿からギルドへ向かう道すがら、スレイン様がギルドについて教えてくださいました。

「ダンジョンで獲得した魔物の素材や魔石を換金するだけじゃなく、『クエスト』という魔物を倒す依頼もギルドから受注することができるんだ。もちろんその報酬のやり取りもギルドを介す。冒険者登録するとギルドカードが発行されて、そこにランクアップに必要なポイントやら経験値やらが勝手に表示されるんだよ。Fが最低ランクで、最高がSだ」

「なるほど。スレイン様、ちなみに皆様のランクはどのくらいなのでしょうか?」

「あー、しばらく確認してなかったから怪しいが、Aあたりじゃねぇかなぁ」

ちなみに最高ランクのSの該当者は現在いないそうです。つまり事実上、Aがトップ。さすが勇者様御一行です。トップランカーパーティ半端ない。

「ダンジョン内の状態や魔物の強さ、行方不明者なんかの把握もギルドのお仕事なの。だから登録しておいて損はないのよ」

「ミリアの言う通りだ。さぁ、ユウの登録を済ませて装備を整えようではないか」

……レオンの視線が武器屋さんの鞭《むち》コーナーに向けられている。怖い。

一通りの手続きを済ませ、私の冒険者登録は完了いたしました。

さて、登録が終わったら今度は装備です。手ぶらにワンピース姿ではとても冒険なんてできませんので、ギルド内にある装備屋さんで、防具や武器を適当に見繕《みつくろ》っていただきました。

「好きなものを選ぶがいい！」

レオンは鞭《むち》を指差しつつおっしゃっていますが、そこはスルーしてスレイン様にご意見を伺《うかが》います。武器と言ったら戦士様の得意分野でしょう。

「弓のような技術の必要な武器は難しいだろうし、斧《おの》や大剣は重くて持てないだろうからな。刀か片手剣、それと槍《やり》あたりがちょうどいいんじゃねぇの？」

その意見をまるっと採用したレオンは、三つとも購入してしまいました。その中にしれっと鞭《むち》も忍ばせていたのを見逃してはいませんよ。諦《あきら》め悪いな！

「防具は軽めの方がいいだろうな。鎧《よろい》なんて無粋《ぶすい》なものでユウの可憐な姿を隠すなど許されないからな！」

レオンの見当違いな言葉に、呆れ顔のミリア様が指摘します。

「どっちにしろ鎧《よろい》なんて重たくてユウには着られないわよ」

ミリア様が防具を選んでくださり、私はワンピースから冒険者ルックにお着替えです。

初期投資にしては高すぎるお買い物をしていただいたので、頑張って少しでも早く戦力になりたいと思います。

装備は整ったので、さっそく最弱レベルの魔物のいるダンジョンに向かうことになりました。ギルドのすぐ近くにある初心者向けのダンジョンの入り口から、地下一階へ潜《もぐ》っていくと、すぐに下位魔物のゴブリンが出現しました。

私は先程買っていただいた刀を持ち、対峙《たいじ》することに。

緑色の小人を前に、『あぁ、この世界で最初に出会ったあのUMA《ユーマ》は、ゴブリンだったのかぁ』なんて意識を逸《そ》らしたところで、恐怖心がなくなるわけもなく。

「ここここ怖い！」

実際に魔物を前にしたこの恐怖は、ゲームとはやっぱり違います。普通に怖いわ。

戦力になりたい決意なんて、恐怖の前には無力なのです。頑張れ私の決意。

とはいえ、いつまでも怯《おび》えていては話が進みません。足手まといにならないという決意がどこかへ行ってしまわないうちに、以前テレビで見た時代劇を思い出しながら不恰好にも刀を構えます。

あれ、ご老公は刀を使ってないし、お付きの者も印籠《いんろう》を持ってる姿しか思い出せない。

えーっと、えーっと。暴れん坊な将軍様にシフトチェンジ!!

「えいっ！」

刀は空《くう》を切って、ゴブリンに避《よ》けられてしまいました。

将軍様はどうやっていたっけ？　余《よ》の顔を忘れたか！　じゃなくて、成敗《せいばい》シーン、もっと出てきてください私の脳内！

「もうい、っかい！」

ぶんぶんと振り回すうちに、ようやく手応《てごた》えを感じました。

ゴブリンの片足を切れたようです。

濁《にご》った緑色の血が流れています。グ、グロい……

「ごめんなさいっ！」

動きの鈍《にぶ》くなったゴブリンの脳天に刀を振り下ろすと、やっとのことで息絶えたようです。

ゴブリン一匹相手にこれでは先が思いやられますね。

ふへぇ、とへたり込むと、それまで静かに見守っていた皆様が駆け寄ってくださいました。

「うむ、全くの初体験の割には悪くないぞ」

お褒めのお言葉とは裏腹に、鞭《むち》の出番がなくて残念だというお顔になってますよ、レオン。その横で、ミリア様が心配そうに顔を歪《ゆが》めています。

「大丈夫？　怪我《けが》はない？」

「大丈夫です、ミリア様。ありがとうございます」

皆様が口々によく頑張ったと言ってくださいます。お優しいですね。

奴隷館で家事に勤《いそ》しんでいたおかげなのかあまり疲れは感じませんが、生き物を殺すのは精神的にはかなりきついです。

レオンがへたり込む私から刀を取り上げ、代わりに片手剣を手渡されました。

「じゃあ、次は片手剣を使ってみるか」

「……頑張ります」

容赦がないなぁとは思いますが、刀に付いた血を拭《ふ》いてくださったり、さり気なく回復魔法をかけてくださるあたり、やはりレオンは紳士かもしれません。

……血を拭《ふ》きつつ刀を刃毀《はこぼ》れさせようとしているお姿が視界に入ってしまいました。紳士撤回です。そんなに鞭《むち》を使わせたいのですか？　だが断る！


ダンジョン内には別の階層への移動手段として階段が存在します。

最初の地下一階フロアの後も順調にクリアしていき、地下六階まで下りてきた頃には大分武器も扱えるようになりました。何より魔物を殺すことへの恐怖心が、ほとんど無くなりました。我ながら自分の順応力にびっくりです。

武器の扱いはスレイン様やレオンが教えてくださるので、割と早くにコツが掴めた気もします。

色々武器を試した結果、私には片手剣が合うようでした。片刃より両刃の方が楽だな。

片手剣を素振りしている私の様子を見て、レオンが口を開きます。

「今日の目標は地下十階だな」

「そうですね。そこまで行けば、『ワープゾーン』がありますから」

そう言うと、ルイ様がくい、と眼鏡を持ち上げて説明してくださいました。知的アピールかな？

ダンジョンには五階ごとにワープゾーンという、ダンジョンの入口に戻れる瞬間移動装置があるそうです。ワープゾーンのあるフロアまで攻略すると、ワープゾーンを使って入り口に戻るという仕組みだそうです。また、次回以降はワープゾーンのある攻略したフロアから入れるとか。便利!!

「魔法は使ってみないのですか？　魔力もそこそこ高いですし、ユウ殿なら魔法使いとしても大成しそうですが」

「使い方がよくわからないのですよ、ルイ様。どんな魔法なのかもわかりませんが、試してみた方がよいのでしょうか？」

「せっかくの特異魔法ですからね。魔法は想像力が大切で、自分の体内の魔力を具現化した様《さま》をイメージし、発動させるのです。ただ、火や水などの属性魔法はイメージしやすいのですが、無属性となると……難しいですね」

無をイメージするって、まるで禅問答《ぜんもんどう》みたいですね。

むむむ、と唸《うな》っていると、スレイン様がよっこらせ、と立ち上がります。

「急に特異魔法を使うのは難しいだろうから、追い追いでいいじゃねぇか。そろそろ次に行こうぜ」

スレイン様の大きな手で、頭を撫《な》でられました。ゴツゴツしていて、でも温かく優しい手です。

その優しさに頬を緩めていたら、レオンはご機嫌を損ねてスレイン様の足を蹴飛ばしていました。

……仲間内での暴力はいけません。

……何ということでしょう。

私に向いていたのは片手剣ではありませんでした。

両手に一本ずつ武器を持つ、いわゆる二刀流、双剣というやつです。

気付いたのは偶然でした。地下十階の中ボス、ホブゴブリンとの戦闘中に、左から別のゴブリンが飛び出してきたため、慌《あわ》てた私は咄嗟《とっさ》に素材剥《は》ぎ取り用のナイフを左手に持ち対応してしまったのです。

皆様にも驚かれたのですが、頭より先に体が動いただけなので、私自身が一番驚愕《きょうがく》いたしました。

しかし、どうやら双剣といった武器スタイルはこの世界には存在していないようなので、ダンジョンから出たら鍛冶屋《かじや》さんに発注する必要があるそうです。

何だかお金のかかりそうな武器スタイルになってしまい申し訳が立ちません。

レオンは「さすが俺のユウだ！」なんて叫んでいますが、お金出すのはレオンですよ？

でもまぁ、少しだけでも戦力になれるのなら嬉しいですね。

無事に地下十階から地上に戻った私達は、倒した魔物の素材をギルドで換金し、その足で鍛冶屋《かじや》さんに向かいました。私の双剣を作っていただくためです。

鍛冶屋《かじ》さんに事情を説明すると、レオン達がこれまでに獲《と》っていた素材を使って比較的優秀な双剣を作れそうだということでした。

オーダーメイドとなると高くついてしまうのでは、と心配だったのですが、素材提供をしたので値段はそんなに高くならないということです。ちょこっと安心。

どんな形状がよいのか等といった細かいことはスレイン様とミリア様が決めてくださいました。

「ユウさんでも扱いやすい軽さで、あぁ、でも実用性も高くないと意味がないな」

「ユウが持つんだから綺麗な見た目にしたいわね。ごついのは嫌よ」

スレイン様とミリア様の共同作業の注文なんて、贅沢《ぜいたく》ですね。

二人のやりとりを眺めていると、ルイ様が隣にいらっしゃいました。

「これから少しずつ魔法の勉強をしましょう。特異魔法の所持者は珍しいので、僕が役に立てるかはわかりませんが……。魔法が使えるのに魔法を知らないということの怖さは、早めに理解しておいた方がいいと思うので」

ルイ様のお顔がやけに真剣だったので、ご迷惑になるのではなんてお断りすることはできません。

『魔法を知らないということの怖さ』ってフレーズも怖いですし。

「わかりました。お言葉に甘えてご教授いただきたいと思います」

ふと店内を見渡すと、パーティリーダーのレオンはすっかりお財布要員として待機しています。

勇者様なのに……と申し訳ない気もしますが、本人が嬉しそうなのでいいのでしょうか。いいのでしょうね。

＊＊＊

翌日、朝食を食べ終え、依頼した鍛冶屋《かじ》さんに皆様と向かいました。

鍛冶屋《かじ》さんに着くと、すぐに双剣を手渡されました。

一晩で作ってしまうなんて、さすがはプロの職人さんですね。

「わあ……綺麗ですね」

思わず声が出てしまうくらい、美しい双剣でした。

私が持っても重くなく、というか軽いくらいですが、細い剣先は切れ味もかなり鋭そうです。

素材の一部にクリスタルが含まれているそうで、透明のように見えて実は角度によって色の変わる刃は、ミリア様も納得の美しさでした。

職人さんが、余った素材で作ったと、鞘《さや》とホルダー付きのベルトまでくださいました。

レオンが余計な注文をしたのでしょう、左右に剣が一本ずつ入るだけでなく鞭《むち》も装備できる仕様のホルダーでした。

いい加減鞭《むち》を手放したい。

レオンチョイスのショートパンツにベルトを装着すると、きちんと取り出しやすい場所にホルダーが付いていて感動です。

とにもかくにも、一端《いっぱし》の冒険者になった気分。

レオンも私の隣で嬉しそうに腕を組んで頷《うなず》いています。

「よく似合っているぞ」

「ありがとうございます」

「よし、じゃあ今日は昨日のダンジョンの地下十階から始めるか」

すっかり自分好みの装備になった私を見て、レオンはご機嫌麗《うるわ》しい様子。それは何よりですが、どうやらしばらくは私の鍛錬《たんれん》がメインになりそうです。

奴隷なんかのために魔王討伐《とうばつ》が遠のいてはいけないので、早く力をつけなければいけませんね。

＊＊＊

豪勢な素材で作っていただいた私の専用武器、より一層愛着を持つべくお名前をつけちゃいました。専用ってときめきますよね。

双剣だから双子座のジェミニ。少し安直ですが、キラキラと輝くその刃は、星座のお名前を拝借するに相応《ふさわ》しいと思うのですよね。

ジェミニの効果は凄いです。地下二十七階まで来ましたが、問題なく戦えています。

「てぃっ！」

昨日手こずった相手もサクサク切れます。切れ味のよさに調子に乗ってジェミニを振り回していると、後ろからミリア様の声が届きました。

「オークが五体来るわ！　ユウは一体に集中なさい！」

「わ、わかりました！」

初心者向けのダンジョンとはいえ、さすがは下層といったところでしょうか、出てくる魔物のレベルが上がっています。

ミリア様には探索スキルという魔物や人物を察知する能力があるため、魔物が見える前から対応できるのです。凄いなぁ。

「お、大きい……！」

ミリア様の言った通り、目の前に五体の巨大なオークが現れました。

外見は人間のような姿ですが、首が軋《きし》むまで見上げないと、醜《みにく》いと言われるその顔すら視界に入らないくらい大きいのです。

「いきます！」

オークは下位魔物ですが、倒すことで手に入る経験値や素材の質は、ゴブリンに比べて格上です。素材を換金するためにも、ガンガンいこうぜ！　です。

って。

あれ、あれれ。

オークに向かって飛び出したつもりでしたが、思っていたよりも高く飛び上がり過ぎて、オークの頭上を通り越してしまいました。

そんなに高く飛んだつもりはないのに、というよりそんなに高く飛べるはずがないのに。運動神経皆無な私に、オリンピック選手もびっくりな跳躍《ちょうやく》力がある訳ない！

「それが魔法ですよ！　ユウ殿！」

ルイ様のお声が遠ざかっていきます。自制がきかないくらい飛んでます。あ、これやばいやつだ。

「ふえぇぇぇぇ！」

天井にぶつかることは避けたい、その前に着地したい。でも止まらない！

ダレカタスケテー。

――すると、天井にぶつかる寸前でレオンが助けてくださいました。私の体を掴まえ、抱きとめてくださっています。

「全く、早々に魔力コントロールを覚える必要があるな」

「あ、ありがとうございます。死ぬかと思いました」

そして姫抱っこ状態恥ずかしい！

「まだ踏まれてもいないのに、こんな間の抜けた死に方されてたまるか」

確かに天井にぶつかって死亡とか、レオンのおっしゃるとおり間抜けですね。しかし、踏むって何のことだろう。

「今のが、魔法……」

魔法といえば、呪文を唱えてどーんばーん！　ばかりかと思っていたので、どうにも実感がないというか、なんというか。

とりあえず、怖い。これがルイ様のおっしゃってた魔法の怖さですか。

無意識に魔法発動とか超怖い！

気をつけよう。本当に本気で魔法の勉強しよう。そう心に誓いました。


どうやらこのダンジョンの最下層は地下三十階のようです。

目の前にある階段を下りればラスボス部屋があり、そこにいるラスボスを倒せば魔石とワープゾーンが現れるそう。

なので、一旦階段の前で休憩を取りつつ、ステータスの確認をすることになりました。

「ステータス」

【名前】ユウ・アヤセ　24歳
【レベル】18
【冒険者】ランクF

【種族】人間
【職業】奴隷
【魔法】無属性（身体能力強化・武器強化）
【体力】６８０
【魔力】９２０
【敏捷《びんしょう》】３００
【筋力】２５０
【スキル】言語開放・料理・掃除・保育・調教・鞭《むち》・双剣・無詠唱《むえいしょう》・自動発動
【称号】異世界人・勇者の奴隷・鞭《むち》の使い手・二刀流・魔剣の使い手

私のステータスを見て、スレイン様が「うおっ」と驚いたように呟《つぶや》きました。

「まさかユウさんが魔剣使いとはな」

「魔剣とは何ですか？」

「魔力を使って様々な効果を得られる武器のことだよ。ただ、使い手の魔力を吸い取るもんだから俺みたいな魔力の少ない奴には使えねぇんだ」

ちょっと待ってスレイン様。今、さらっとびっくりな発言されませんでしたか？

「え、ジェミニは普通の武器ではないのですか？」

それを聞いていたミリア様も溜息を吐《つ》きつつこぼします。

「レオンが素材に魔人の角《つの》を使っていたから、まさかとは思っていたけれど。魔剣になっちゃうとはねぇ」

「え、魔人の角《つの》って、確かレアな素材じゃなかったですか⁉」

レオンからこれまでの旅のお話やこの世界のお話を聞いていたので、魔人の強さもその素材の価値も少しは知っています。

魔族のトップである魔王様に仕《つか》えるのが魔人さんです。

本来魔族と魔物は全く別物なのですが、古くから魔族と敵対している人間や獣人《じゅうじん》達は、有害な魔物も魔族の手下と認識しているようなのです。

とにかく、魔人さんは魔物なんかよりも、相当お強いそうなのです。

そんな魔人さんの角《つの》が、自分の武器の素材だったなんて、初耳です。思わずレオンの顔を見上げました。が。血の気が引いている私とは真逆に楽しそうなレオンです。解《げ》せぬ。

「ユウの持ち物には素材も金も惜しまない。結果的に魔剣になってよかったじゃないか」

「何という武器を作ってくださってるんですか……」

綺麗で切れ味抜群なだけでなく魔剣だったとは。私に使いこなせるか少し不安に思っていると、私のステータスを覗《のぞ》き込んだルイ様が追い打ちをかけてくださいました。

「先程はいきなり魔法が発動してしまいましたが、無詠唱《むえいしょう》や自動発動を自然と覚えているのも不思議ですね。無詠唱《むえいしょう》を覚えるのには僕でも数ヶ月かかりましたし、自動発動なんて使える人はそうそういませんよ」

ルイ様は幼いころから魔力が強大だったとレオンから聞いていました。そんなルイ様でも何ヶ月もかかって取得したスキルをさくっと手に入れちゃったのですか、私は。

「……もしかして、私のステータス大変なことになってます？」

「他人に見せてはいけないことになっています」

ルイ様の言葉に慌《あわ》ててステータス画面を消します。あわわ。

「あぁ！　ユウに回復魔法をかけなければ!!」

ですから、そんなに頻繁に回復しなくても大丈夫ですよ、レオン。っていうか、急に叫ばないでください、びっくりするじゃないですか。

どうして私を買ったのか、私は何を求められているのかも未だにわかりませんが、どうにも一緒に戦う流れのようですね。であれば、さっさとレベルとステータスを上げたい。

＊　＊　＊

さて、恐ろしいステータスも確認もいたしましたしジェミニの凄さも再認識しましたので、今度こそラスボスさんのいる部屋に向かいます。

扉を開ければラスボスとご対面です。

のはずでしたが――

「えっと、あれは何でしょう」

「このダンジョンのラスボスだが……まさかこんな場所にキングゴブリンが出るとはな!!」

先頭にいたレオンがそう言って魔物から距離を取るので、私もそれに倣《なら》い距離を取ります。

ゴブリンの最上位種にあたるキングゴブリン。オーク程の大きさと力に加えてゴブリンを率《ひき》いる知能もあるという、初心者向けとは思えない魔物が目の前にいます。

「ユウ！　離れていろ！」

レオンを筆頭に、皆様が私を庇《かば》うように前に出ました。

少しはレベルが上がったとはいえ、見ていることしかできない自分が悔しい。

何かできることは、と考えていると頭の中で何かの音が響いてきました。

恐ろしく低く、それでいて恐ろしく美しい音。

それは言葉のようで言葉でない、不思議な何か。

何を言っているのかなんてわからない、けれどその音はジェミニから聞こえているのだと本能的に理解できました。

「ジェミニ、助けてくれますか？　私の魔力なら好きなだけ吸い取って構いませんから、力を貸してください」

ジェミニに魔力を流すことを意識すると、透明だった刃が水色に揺らぎました。

同時に体内に不思議な感覚が生まれます。魔力をジェミニに吸い取られているような感覚です。

正直怖いですし、皆様ならキングゴブリン程度瞬殺でしょう。私なんかが中途半端に参加したらそれこそご迷惑をおかけすることになるかもしれません。

でも、私これでも負けず嫌いなんです。

それにご恩を受けてばかりではいつまでも返せませんからね。

「皆様、避《よ》けてください！」

体が勝手に動きます。水色に揺らぐジェミニをキングゴブリン目掛けて全力で振り下ろすと、ばしゅん、と不思議な音を立ててキングゴブリンの頭が吹っ飛びました。

ジェミニから飛び出した水色の線が綺麗にキングゴブリンの頭を切り離したのです。

駆け寄ってきた皆様が驚いた顔をしています。私も驚いています。何だ今の。

「今のは、水魔法ですか？」

ルイ様にそう聞かれ、線に見えたのは水の斬撃《ざんげき》だったと気づきました。

「ちょっとユウ！　貴方今何をしたの⁉」

頭がくらくらします。魔力を吸われたせいでしょうか。

気持ちの悪さに立っていられず、その場に座り込んでしまいました。やば、吐きそう。

「よく、わかりませ、ん」

視界がぐるぐると回ります。魔力切れは怖いですね。

皆様がご一緒だったからこそ使えましたが、一人《ソロ》でこれは即死案件でしょう。魔力切れを起こした瞬間殺されてしまいます。

今度からは制御しなければ、とぐらつく脳内で一人反省会をしていると、レオンの叫び声が聞こえてきました。

「ルイ！　エーテルだ、早く！」

ルイ様が取り出した瓶《びん》をレオンがひったくり、蓋《ふた》を開けて口に含むとそのまま口移しされました。

レオンにキスされるのは二回目だな。それにしてもエーテル、不味《まず》い。

何度かに分けてレオンに口移しでエーテルを飲まされ、ようやく回復してきました。視界も思考もクリアです。

……応急処置とはいえ、人前でキスされるとかめちゃくちゃ恥ずかしいですね!!

すっかり元気になったので、とりあえずダンジョンから出ることになりました。

キングゴブリンの素材を剥《は》ぎ取り魔石を回収して、ワープゾーンから脱出します。

振り返ればもうそこにはダンジョンの入り口は無く、草原が広がっているという何とも不思議な光景です。一体、ダンジョンはどんなプログラムになっているのでしょう？

「一旦ギルドで納品しよう。食堂で休憩もできる」

というレオンの指示に従いギルドに戻ります。

魔力切れから回復した私は元気いっぱいなのですが、レオンの心配性のせいでお姫様抱っこされているという、これまた羞恥《しゅうち》プレイです。

自分で歩けますよ、という意見は食い気味に却下されてしまいました。

視線が！　ギルドの皆様の視線が痛い！　見ないでください！

「ユウ、座れるか？　何か飲むか？」

「座れますし何もいらないです。大丈夫です。ありがとうございます」

今は冒険者さん達の活動時間帯のせいか、ギルド内の食堂はほとんど人がいませんでした。

食堂の一角に陣取り、全員が席に着いたところで最初に口を開いたのはルイ様でした。

「あれは間違いなく水魔法でした」

魔法使いのルイ様がおっしゃるのならそうなのでしょう。

「ユウ殿は無属性なのに、どうやって水魔法を使ったのですか？」

それは私が聞きたい。

「えっと、ジェミニに魔力を流してお願いしました」

私がそう言うと、ルイ様は訝《いぶか》しげにレオンに視線を移します。

「……ちょっと待ってください。レオン殿、双剣を作る時に魔人の角《つの》を素材にしましたよね？　どの魔人のものでしたか？」

「確か……ナゾルとか名乗っていた奴だ」

レオンがそう言うと、ルイ様は少し考え込んでいるようです。嫌な予感。

「ふむ、ナゾルは多属性魔法を使う魔人でした。ナゾルの力を保持した魔剣は、持ち主の魔力を使ってナゾルの使える属性の魔法を付加できるようですね」

ルイ先生待って、難しいお話っぽくてついていけてないです。挙手して質問してみます。

「つまり、無属性な私の魔力をジェミニが属性魔法に変換してくれた、ということでしょうか？」

「正確には、ユウ殿の魔力を属性魔法に変換したものをジェミニが纏《まと》っているのです」

ややこしくなってきましたね。魔法難しい。

とにかく、ナゾルさんが使えた魔法はジェミニも纏《まと》うことができるということのようです。

私はただ魔力を込めるのに必死だっただけなのですが。

横で聞いていたスレイン様も、不思議そうに首を傾《かし》げています。

「じゃあ、どの属性が付加されるかはランダムってことかよ？」

「今のところはそのようですね。ユウ殿のコントロール力や想像力次第としか今は言えません」

ルイ様がそう言い終えるが早いか、ミリア様に抱きつかれました。何気にスキンシップ過多ですよね、ミリア様。

「ユウ！　凄いじゃない！」

「おかげで魔力すっからかんになりましたが」

魔人のナゾルさんが使える魔法が豊富だったとしても、私にはナゾルさん程の魔力などありません。

魔力の数値に見合わないスキルのおかげで、ただでさえ過分に魔力を奪われるのです。無詠唱《むえいしょう》や自動発動って、魔力を超使うらしいんですよ。

エーテルは安くない消耗品なのです。あまりジェミニに頼るのも考えものですね。

ここは有言実行を目指し、ここに宣言いたします。

「魔力の数値が上がるまでは、ジェミニは普通の双剣として使います。まだ剣の扱いも初心者なのに魔法に頼っては中途半端になってしまいますから」

スレイン様がうんうんと頷《うなず》いています。

「それがいい。だいぶ様《さま》にはなってきているが、まだユウさんの剣筋は甘いからな」

ルイ様とミリア様も安心したお顔で頷《うなず》いていますが、レオンだけが溜息を吐《つ》いて不満そうです。

「なんだつまらん。エーテルを飲ませるという口実が使えないではないか」

本気で心底がっかりしているご様子のレオンです、もう絶対魔力切れなんか起こしません。そんな口実使わせてなるものか。

……そんな捨てられた子犬のような目をしてもダメです！　エーテルのお世話にはなりませんからね！

＊　＊　＊

初心者向けとはいえ私には初めてのダンジョン攻略となりましたので、皆様がお祝いとして宴会をしてくださることになりました。どこに行こうかと盛り上がる皆様を慌《あわ》てて止めます。

「あの、料金も抑えられますし宿の食堂でも構わないのですが」

しかし、レオンにあっさり却下されてしまいました。

「せっかくユウのための祝杯をあげるのだ。それに、いつも宿とギルドを往復するだけで何も見ていないだろう？　外で呑もう」

お気持ちはとっても嬉しいんですけど、いいのでしょうか。

「じゃあ各自、着替えを済ませてロビーに集合ね！」

いいみたいです。ミリア様の鶴《つる》の一声《ひとこえ》で、皆様はそれぞれのお部屋へと入ってしまいました。

ダンジョンで汚れた体をさっと水で流して着替えてから、宿の近くにあるエールが美味《おい》しいと評判のお店に来ました。

このお店で、この世界のエールというものを初めて呑みました。前の世界では、昔ながらの醸造方法《じょうぞうほうほう》で作られたビールがエールと呼ばれていましたが、こちらのエールはまた別物です。ビールだと思って呑むとちょっと違和感があるものの、こういうものだと思えば美味《おい》しく感じます。

エールばかりではお腹《なか》がたぷたぷになってしまうので、私とミリア様は途中からワインに変更しました。

「ユ、ユウはお酒に強いのね」

「え、そんなこと無いです。普通ですよ？」

それでも初めてのエールが楽しくて数杯呑んでしまいましたが。

スレイン様はエールばかりお代わりしています。よほどエールがお好きなのでしょう。

ルイ様は最初にエール一杯を呑んだきり、後はお茶を飲んでます。お酒はあまりお好きじゃないのでしょうか。

そして、レオンはというと……

「勇者様があんなでいいのでしょうか」

「あんなでも勇者なのよねぇ」

潰《つぶ》れています。エール二杯でダウンです。

お酒に弱いならルイ様のようにお茶やジュースにすればいいのに、私と張り合ったようです。張り合う相手がおかしいですよ。

ワインを呑みつつ、唐揚げのようなものをつまみながら周りを見ると、スレイン様もミリア様も頬が赤くなっています。

「……奴隷の私が一番飲兵衛《のんべえ》なのもどうなんだろう」

そう呟《つぶや》くと、ルイ様がにっこり笑ってこちらを見ます。目が笑っていない気がするのは私だけ？

「気にしないでください。ユウ殿を奴隷だなんて誰も思っていません」

「そうよぉ。どーーーーっしてもユウが欲しいってレオンがずっと騒いでてうるさかったのよぉ」

ん？　なんだか以前からレオンが私のことを知っていたような口ぶりですが、レオンとは奴隷館で会ったのが初めてです。どういうことだろう。というか、それより……

「ミ、ミリア様も酔ってらっしゃいますね？」

語尾が甘く伸びていて、女から見ても色気が凄いです。綺麗な瞳もとろんとしています。これは女性に耐性の無い殿方にとっては殺人級ではないでしょうか。

「契約の刻印も僕なら魔法で消せるんです。でも、それで貴方がいなくなるのが怖いらしいですよ。そこの潰《つぶ》れたチキンは」

ルイ様が鼻で笑うようにレオンを指差すのを見て、スレイン様は苦笑いです。

「ルイさんは酔うと口が悪くなるんだよ」

「え。ルイ様、エール一杯しか呑んでませんよね？」

レオンもルイ様も弱すぎやしませんか。

しかもどさくさに紛れて勇者様をチキン呼ばわり……でもレオンなら気にしないどころか喜びそうだな。

「さて。ルイさんとミリアさんが自力で歩けるうちに宿に戻るとするかい。レオンさんは俺が運ぶよ」

スレイン様がそう言いながら立ち上がり、レオンを肩に担《かつ》ぎます。頼もしい!!

「スレイン様、慣れていらっしゃいますね」

「こいつらと呑むといつもこうだからな」

皆様のお父さんのようなスレイン様にときめきます。

年齢はそんなに変わらないはずですし見た目だけなら最年少にも見えるくらいなのですが、中身は一番大人です。


スレイン様が軽々とレオンを宿へ運んでくださり、無事に部屋に戻ってくることができました。

よっこらせ、とスレイン様はレオンをベッドに寝かせてくださいます。

「ありがとうございました」

「たいしたこと無いさ。まぁ色々大変だろうが、レオンさんも悪い人じゃねぇからな」

「はい」

おやすみ!　とにこやかに手を振りながらスレイン様が出て行かれたので、部屋にはレオンと私だけです。

ベッドの縁に腰掛けてレオンの寝顔を眺めてみれば、本当に色々残念になるくらい端整なお顔。

「なぜ、私なのでしょう」

レオンの寝顔に向かって、つい独り言が漏れてしまいました。先程ミリア様がおっしゃっていたお言葉が妙に引っかかっていたのです。

レオンが以前から私を欲しがっていた、とはどういうことでしょうか。奴隷館の敷地より外には出たことの無い私を知る機会など無いはずなのに。

しかし、考えても仕方がありません。

「……逃げたりなんかしませんよ」

たとえ奴隷の紋章を消すことができるのだとしても、私はレオンから逃げたいとは思いません。レオンから捨てられるのであれば潔《いさぎよ》く身を引きますが、自分から離れるなんてありえません。

多少、いやかなり性格と性癖《せいへき》に問題のある方ですが、私に新しい世界を見せてくれた方でもあります。奴隷館の中だけの小さな世界から大きな世界を教えてくれた方です。恩人です。

子供みたいに眠るレオンの髪を撫《な》でると、犬のように私の手に顔を寄せてきました。

勇者様を犬みたいなんて言ったら失礼ですね。……いや、レオンなら喜ぶか。

――お風呂に入って私も寝よう。

起こさないようにそうっと立ち上がり、浴室に引っ込むことにしましょう。

バスローブ姿で脱衣所から戻ると、目を覚ましたのかレオンがソファに座っていました。

「すみません、起こしてしまいましたか？」

「いや、問題無い」

髪を拭《ふ》きながら対面に座ると、バツが悪そうに顔を背《そむ》けてしまいました。

「どうかしましたか？」

「いや、別に何も」

何も無くは無いでしょう。所在無さげに動く指は隠せていませんよ。

彼の頬がうっすらと赤らんでいるのはお酒のせいでしょうか。

「……ユウは酒が強いのだな」

変なところを根に持ってらっしゃいますね。

私が強いというよりはレオンが弱いのだと思うのですが、それを言うと余計にご機嫌を損ねてしまいそうなので言葉を呑み込みます。

「楽しいお酒は久しぶりでしたので。レオンには初体験をたくさんさせてもらってますね」

「それは俺の台詞《せりふ》だ」

はて、私は何をしたのでしょう？

思い当たるのは床に寝ろと命令させられたことくらいですが。

まぁそれも私の初体験の一つですね。

「……ユウは不思議な奴だな」

「それこそ私の台詞《せりふ》なのですが」

きょとんとする私に対して、彼は不思議な笑みを浮かべています。

「俺を蔑《さげす》むか？」

唐突な質問に、思わずレオンの顔をじっと見てしまいました。その綺麗な瞳が真っ直ぐに私を捉《とら》えているので、真面目な質問のようです。

はてさて、これはどう答えるのが正解でしょうか。

普通なら「ＮＯ」が大正解なんですが、床に寝ろと言わせるレオンです。蔑《さげす》まれた方が嬉しい可能性は否定できません。

「どう答えさせたいのですか？」

まぁどう答えたところで、正解な気もしないでもないんですが。

「奴隷に命令されて喜ぶなんて勇者のくせにド変態ですね、と言われたいのですか？」

「それはそれで悪くないな！」

「ならば蔑《さげす》みましょう」

にっこり笑ってあげると、レオンは小さく身震いをして嬉しそうに笑います。

酷《ひど》く歪《いびつ》な、でも美しい笑顔で。

全く。とことんダメな人ですね、本当に。

「私はレオンの奴隷です。レオンのために存在するといっても過言ではありません。奴隷とはそういうものです」

奴隷館にいる間に仕込まれましたから。

奴隷の何たるかなど、わかりたくもないくらいわかっています。

正解が何かなんて関係無いのです。レオンが欲しい言葉を、欲しいものを提供するのが私のお仕事なのです。たとえそれが不本意極まりない内容でも。

「ですから、レオンのお好きなようになさってください」

貴方は私の主人なのです。

私は貴方の所有物なのです。

それが契約なのです。私とレオンを繋ぐ唯一にして絶対の絆《きずな》なのです。

「今日は床とベッド、どちらで寝たいですか？」

「……たまにはベッドも悪くない」

視線を逸《そ》らしながらもそう呟《つぶや》くレオンには、思わず笑ってしまいましたが。

「あの、距離取りすぎじゃないですか？　落ちますよ？」

「俺ごときがユウと寝るなど！　あまつさえ触れるなど許されぬ!!」

「キスしておいて何を今更。ほら、もう少しこちらに寄ってください」

ベッドで寝かせるだけでもここまでしないといけないのですか。

それでも床に寝ていた時に比べれば大きな一歩です。

その一歩のために羞恥心《しゅうちしん》捨てましたけどね。

「一緒に寝るのと別の部屋で寝るのと、どちらがよろしいですか？」

「別室は嫌だ」

「なら大人しく言うことを聞いてください」

勇者の取扱説明書《トリセツ》のページは増えるばかりですが、扱い方を覚えてきていることも不本意ながら事実です。

仕事なんですから仕方ありません。

もぞもぞと少しずつ近づく姿に、奴隷館にいた男の子を思い出してしまいます。

一人で眠るのが怖くて、いつも毛布を抱えて私にしがみついていたあの子は元気にしているかしら。

「おやすみなさい、レオン」

うとうとし始めた瞬間、ドシン！　という大きな物音。

……だから落ちますよって言いましたのに。

＊　＊　＊

何日かかけて、私のレベル上げは順調に行《おこな》われました。

少しずつ難度の高いダンジョンに臨《のぞ》み、ついに私のランクもDに！　ふふふ、成長結果が目に見えてわかるのは結構嬉しいものですね。

「こんなにも早くランクがDになるなんて凄いわ」

「皆様がフォローしてくださっているからですよ。一人ではとても無理です」

一人だったら最初のダンジョンのゴブリン相手に殺されてただろうな。

「でも、私のおつき合いばかりさせてしまって本当によろしいんでしょうか」

私が加わってからずっと私の訓練に時間を割《さ》いていただいてしまい、どうにも心苦しい。

皆様だって、もっと高難度のダンジョンやクエストをこなしたいはずです。

「ユウが強くなることが後々パーティのためになると、最初に言っただろう」

「ですがレオン、皆様には物足りないでしょう？　下位魔物相手では経験値もポイントも貯まらないではないですか」

レベルもランクも、高くなればなるほど上がりにくくなるものです。

レベルもランクも高い皆様がより上を目指すのならば、下位魔物を何匹倒そうと何の足しにもなりません。

そこで、私なりに色々考えてみたことを夕食の時に提案してみることにしました。

「これからは、私だけ皆様とは別行動し、一人でダンジョンに行くというのはどうでしょうか？」

「絶対ダメ!!」

綺麗にハモりましたね、素晴らしいコンビネーションです。

皆様は高難度ダンジョンに、私は低難度ダンジョンに入ればちょうどいいかと思ったのですが。

もちろん、自分を過信しているわけではありません。身の程は弁《わきま》えています。

これまで無事だったのも皆様の助けがあったからだということも理解しています。

ですが――

「……皆様の邪魔をしたくないのです」

私は皆様の足を引っ張るばかりでお役に立ててなどいません。

せいぜい素材を集めて小銭を稼ぐだけです。

「仮に別行動を取るとしても、だ。ユウを一人では行かせられない。必ず俺が同行する」

レオンが断言したのを皮切りに、他の皆様が次々と挙手し始めました。

「それか、俺だな！」

「わたくしでも構わないわよね」

「僕もいますが」

「リーダーの俺が行くと言っているだろうが！」

やいのやいのと大騒ぎです。どうぞどうぞなオチをつける担当のお方はいらっしゃらないのですね。

本当に皆様優しい方ばかりです。

で、でも喧嘩はよくないので落ち着きましょう、落ち着いてください！


「じゃあ、明日は俺がユウさんについていくってことで！」

白熱したジャンケンバトルの結果、明日はスレイン様が同行してくださることになりました。

二人パーティと三人パーティに分かれてダンジョンに臨《のぞ》むそうです。二人パーティの方は私の訓練のためのパーティで、皆様がローテーションで同行してくださいます。

他の皆様は高難度ダンジョンに入ります。

「スレイン様、よろしくお願いいたします」

私が頭を下げると、レオンが刺すような冷たい視線でスレイン様を睨《にら》みつけます。

「ユウに怪我《けが》の一つもさせてみろ。地獄よりも恐ろしい目に遭《あ》わせるからな」

「ちょ、レオンさん仲間を見る目じゃねぇぞ、それ！」

……レオンがドM《エム》からヤンデレに進化している気がするのは私だけでしょうか。

部屋に戻って窓際で夜風に当たっていると、ふと疑問が浮かんでしまいました。

「レオン、ちょっと聞いてもいいですか？」

「何だ？」

とても些細《ささい》でどうでもいいことかもしれません。何の脈絡《みゃくらく》も無い素朴《そぼく》な疑問というやつです。

ソファでお茶を飲みながら小首を傾《かし》げたレオンは髪を下ろしていて、少しだけセクシーだと思ったのは内緒です。

「凄く、今更でどうでもいいことなのですが」

「ユウのことでどうでもいいことなど無い」

そう言ったレオンのお顔は滅茶苦茶《めちゃくちゃ》真剣です。

重いです、主人の優しさが重いです。どうでもいいことといっぱいあるし。

「こ、刻印のこと、なんですが」

「消したいのか⁉」

「いえ、そうではなくて」

立ち上がって取り乱すほどのお話ではありませんから、とりあえず落ち着きましょう。

「なぜ内腿《うちもも》なのかと、ふと思いまして」

見えない場所ならばどこでもよかったのかもしれません。

レオンの左手の甲にある刻印も普段は防具で隠れています。

知らない人は、私達が主従関係にあるとは思わないでしょう。

しかし見えない場所ならいくらでもありますし、隠す方法もいくらでもあります。

なぜ、わざわざ奴隷の足にキスをするという行為を選んだのか少しだけ気になったのです。

何気なく聞いた質問だったのですが、レオンは言いにくそうに躊躇《ためら》っています。

「特に意味は無いのならそれはそれで構わないのですが」

「その……だな……、言いにくいことなのだが……」

頭をかきながら視線を逸《そ》らすレオンはそわそわと落ち着きがありません。

おかしなことを聞いてしまったのでしょうか？

「言いたくないなら別に気にし——」

「踏まれた時に奴隷紋章が見えるのは素晴らしいのではないかと!!」

「……はい？」

とても恐ろしいことを聞いてしまった気がします。

空耳でなければ、幻聴でなければ。

「俺を足蹴《あしげ》にするその白い足に奴隷紋章があれば、俺は奴隷のユウに踏まれているのだと実感できると思ったのだ」

ドヤ顔で何を言っているんだこの人。

遠足前夜の男の子みたいに瞳を輝かせて期待するのはやめてください。

「今日のようにテキパキ動くユウに従うのもいいがな。あえて逆らってみたらそのうち踏んでもらえるかとも思ったのだが」

「ふ、踏みませんよ！　何をおっしゃっているんですか!?」

この勇者様につけるお薬はどこかに売ってないでしょうか。

私のお小遣い全額お支払いしますので売ってください。足りなければローンも組みます。

「何!?　ではどうすれば踏んでくれるのか!?」

「何をどうすれば踏んでもらえると思えるんですか!?」

必死に踏まれたがる勇者様に、脳味噌がお仕事を放棄したがっています。

「……疲れたので寝ます」

もう考えるのやめよう。脳味噌がお仕事を放棄したいならさせてあげましょう。そうしましょう。

「……今日はソファで寝てください」

「床ではないのか？」

「ソファです！　ベッドでも床でもなくソファです！」

とても一緒の布団に入る気分にはなれませんでしたし、かといって床ではまたドM《エム》さが増しそうなので、間を取ってソファです。

「おやすみなさい！」

毛布を投げつけると、勇者様は嬉々としてソファに転がりました。

奴隷としてお仕事を全《まっと》うしてやるんだ！　と張り切っていましたが、前言撤回です。
お仕事したくない。

第二章

頭が頭痛です。

誤植じゃないです安心してください。

昨晩の、インしたままでいてほしかったカミングアウトのショックがまだ抜けません。

常々ダメな人だとは思っていましたが、まさかあそこまでとは。

朝の挨拶《あいさつ》もモーニングコーヒーも無視してしまいました。

主人を無視しても刻印は痛むことはなく、むしろ喜んでいるレオンが辛いです。

朝食時も極力無視して皆様との会話に専念していましたが、やはりレオンはにこにこと笑ってばかり。

「勇者様」と呼んだ時以来仕事をしないこの刻印も、何をしてもご機嫌麗《うるわ》しい主人も、もう手に負えません。


今日は予定通り、スレイン様と二人でダンジョンに来ています。

気分が不安定なせいなのか魔法も不安定です。スレイン様も心配そうに私の顔を窺《うかが》っています。

「レオンさんと喧嘩でもしたのかい？」

朝食の間も無視を決め込んでいたので、皆様にはご心配おかけしてしまいましたね。それは反省です。

「喧嘩の方がずっとよかったです……」

「ここだけの話ってことで、聞くぜ？」

優しい大人なスレイン様に甘えることにし、ポツリポツリと昨晩の出来事をお話しさせていただきました。

「……それは、またヘビーだなぁ」

携帯食の燻製肉《くんせいにく》を齧《かじ》りながら、スレイン様は苦々しく笑います。

私にも勧めてくださりましたが丁重にお断りいたしました。だって原材料のサラマンダーって、先程ぐちゃぐちゃにしちゃった魔物なんですもん。

「まさかレオンがあそこまでとは思っていませんでしたので、動揺を隠せずにいます」

「確かになぁ。踏まれた時に見えるように、太腿に刻印したとはねぇ」

「奴隷の大変さを痛感しています」

「普通の奴隷にゃない大変さだがな」

大きな溜息を一緒に吐き出して、そろそろ行きましょう、と立ち上がりかけました。

が、立ち上がるより先にぶに、と大きな両手で頬を摘《つま》まれて、スレイン様の優しい笑顔が視界に入ってきました。私の頬をひっぱり、無理やり笑顔にしようとなさっているようです。

「ははっ、ユウさんはこっちの顔の方がいいと思うぜ」

ぶにぶにと頬で遊ばれている気がするのは私だけでしょうか。

それでも、心が穏やかになっていく気がします。

「ユウさんだけなんだよ、あの人が素直になれるのは」

「はほ、へほははひへふははい」

「おっと失礼」

手を離してくださったスレイン様は、困ったように笑っています。

「ありがとうございます、もう大丈夫です」

「そりゃ何よりだ」

心なしか、体内の魔力も温度を下げて落ち着いていくような気がします。

がはは、と大きな口を開けて笑うスレイン様。その笑顔は子供っぽいのに、なんて大人なのかしら。優しい笑顔に優しい仕草。やだ胸きゅん。

「おっと、敵さんのお出ましだ。空気が読めねぇ魔物は厄介だなぁ」

「無心になれるのでちょうどいいです！」

新たに現れた魔物の集団に、ジェミニを構えます。

今度は揺るがない、静かな魔力を流して。

＊　＊　＊

待ちに待ってはいませんが、今日はレオンと二人でダンジョン攻略です。

無駄に張り切った勇者様は、何段階も難度を上げたダンジョンをチョイスなさったようです。

とはいえ私にとっては高めの難度というだけで、レオンにとっては格下の格下の格下くらいには格下でしょう。

さて、トンネルの代わりにダンジョンの入口を抜けると、そこは雪国でした。何これ。

「ささささささぶい」

「ふむ。この程度のダンジョンでも異常気象や地形変動が起きているとは、珍しいな」

雪国ではなく雪山ですね。猛吹雪《もうふぶき》過ぎて寒いのか痛いのかわからないです。

「いやいや、ギルドでダンジョン内の情報をある程度教わっていたんじゃないんですか⁉」

「さぁ、受付嬢は何も言っていなかったが？」

……さらりと大嘘ついてますね。受付のお姉さんがそんな大事なお話を忘れるわけがありません。

わかってて選びやがったなこの勇者様。

「しかしユウはその恰好では寒かろう。俺の上着を着るといい」

そしてさらっとお話流されました。

それはさておき、そんなことしたらレオンが寒いでしょう、とお断りするよりも先に上着をかけられてしまいました。ぬくい……じゃなくて。

「あの、えっと、レオン？」

「なんだ、まだ寒いか？」

寒いのは寒いのですが、そういう問題じゃありません。

上着どころかインナーまで脱いでるって、どういうことですか。

「脱ぎ過ぎです！　着てください！」

「身体能力強化を極めれば、暑さ寒さの影響など受けないようになるのだ」

「嘘だ！　めっちゃ震えてますし唇青くなってますよ！」

ガタガタ震えてるじゃないですか！　雪山で上半身裸って意味がわからない！

「お願いだから服を着てください！」

「ユウに風邪でもひかせては死んでも死にきれん！」

「私が風邪ひく前にレオンが凍死しますよ！」

半裸で凍った勇者様なんて発見されたらとんでもないことになります。無理矢理インナーだけ着させました。

これは私に優しいのか彼の個人的なプレイなのか……。前者であっていただきたい。

「とりあえず進もう。先に進めば雪くらいは凌《しの》げるかもしれんからな」

「それを望みます……」

紫色の唇でガタガタ震えていながらも、その表情は愉悦《ゆえつ》に浸っているように見えます。

そうですか、寒さに震えるのが狙《ねら》いでしたか。

命がけでプレイに興《きょう》じる勇者様とか勘弁してください。

ざくざくと雪を踏みしめながら、下層目指して足を進めます。

足の感覚が怪しくなってきてはいるのですが、それを口に出すとレオンが靴まで寄越《よこ》してきそうなので、我慢して歩きます。

数階下ってきましたが、猛吹雪《もうふぶき》が吹雪《ふぶき》に変わった程度で、雪は止まないし寒いのは全く変わりません。

いい加減イライラして来た時、レオンがその足を止めて楽しそうに呟《つぶや》きます。

「スノーラビットだな」

「スノーラビット……？」

レオンによると、スノーラビットは雪山独特の魔物さんだそうで、見た目は若干目つきの悪いウサギさんですね。ウサギさんのような素早さと、熊《くま》さんのような大きさと攻撃力を兼ね揃えているので、ちょっと厄介なのですが、そのお肉は食用として高く売れるのだとか。

……食べてみたい。

「さぁ、戦うのだ！」

レオンが楽しそうなのが不安です。

そのテンションの高さは半裸だからではない、と信じたい。

とりあえずジェミニを構えて歩き出します。

あれれ、雪に足を取られて上手く動けない。スノーラビットはそこまで強敵ではないのですが、近距離の攻撃に適した双剣使いの私にはとっても不利なダンジョンのようです。

そこで大活躍するのが、比較的移動せずに攻撃可能な鞭《むち》です。

「これも見越しての、このダンジョンだったか……!!」

ええ、真《まこと》に大変遺憾《いかん》ですが、鞭《むち》での対戦を余儀《よぎ》無くされましたよ！

仕方なく鞭《むち》を使って戦っていると、毎度毎度、お約束のようにレオンが鞭《むち》の軌道上に飛び出してきます。何度目ですか。

「今度魔物の前に飛び出してきたら、ルイ様に奴隷の紋章、消していただきますからね!?」

「くっ！　卑怯な！」

卑怯なものか。

レオンと一緒なのですから、雪山なダンジョンとはいえもっとサクサク進めているはず。なのにそうなっていないのはこのせいです。

出てくる魔物一匹倒すにも、まずはレオンを物理的に鞭《むち》打つかどかすかしないと先に進めません。

問題はダンジョンじゃなくてレオンにあるという罠……

「レオンのプレイにつき合ってたら、いつまで経っても攻略できないんですよ！」

私がイライラしながらそう怒鳴っても、レオンはご機嫌なままです。

「ふむ、そうするといつまでもユウと二人でプレイに興《きょう》じることが可能か」

「ご自分でプレイって言っちゃってるじゃないですか！　……攻略放棄するのやめてください。魔王討伐《とうばつ》がレオンの最重要任務なんですよ……」

「ははは、俺の最重要案件はユウに決まっているだろう」

高笑いでおかしな発言をしている半裸の勇者様は無視して、大きなウサギ討伐《とうばつ》に集中しましょうか。

魔剣のジェミニには及びませんが、無駄に拘《こだわ》ったレオンのせいで無駄に高性能な鞭《むち》です。

魔力を流せば、対象に高い麻痺《まひ》効果を与えることができますし、如意棒《にょいぼう》のように伸縮自在です。

鞭《むち》を伸ばして麻痺《まひ》させてから、のんびり近づいて双剣でトドメです。その作業だけならばとっても楽なんですけどね。なんせレオンがいますからね。

「私、本気ですからね。本気で紋章消してもらいますから」

「ぐぬぬ」

唸《うな》っても譲りません。

ただでさえ私のレベル上げという名目で時間を取らせてしまっているのに、レオンのプレイにまでおつき合いしていたら、いつまで経っても先には進めません。

あと、寒いのでさっさと雪山脱出したいです。

「うりゃ」

ぶん、まだこちらに気付いていないであろうウサギさん目掛けて鞭《むち》を振るいます。

ちなみに、鞭《むち》に名前をつけていないのは愛着を持ちたくないからです。さっさと手放したいからです。

「あ、一匹外しました」

「鞭《むち》の鍛錬《たんれん》を怠《おこた》るからだ」

先程からプレイのために私の邪魔しかしていないレオンに殺意、じゃなくて怒りがこみ上げてきたので、働いてもらうことにします。

「麻痺《まひ》してるウサギさんにトドメを刺している間に、きっとレオンが捕獲してきてくださるんだろうなぁ」

「御意《ぎょい》」

あれだけプレイに参加して差し上げていたのですから、多少こきつかって——げふんげふん、お手伝いしていただいても問題は無いでしょう。

麻痺《まひ》したウサギさんに近づくだけでも苦労している私と違って、レオンは目にも留まらぬ速さで逃げたウサギさんに追いついていました。

うーん、さすがは勇者様。

「よっこらしょ」

ようやくウサギさんに辿《たど》り着いたので、ザクッと心臓を一突きしていきます。

危害を加えられていないのに殺害するのは若干気が咎《とが》めますが、その分無駄無く素材を剥《は》ぎ取ることでチャラということに。ごめんね。

ウサ耳切り取るの、超心が痛い。

などと胸を痛めつつウサギ狩りに精を出していると、どさり、と重量感のある音が。レオンがもう一匹追加してくれました。

「さすがに速いですね、レオン」

「当然だ」

追加されたウサギさんにもトドメを刺してしまいます。肉だらけだな。

「天候や地形によって戦闘スタイルを変えるのは当然のことだろう。ユウはまだ魔力が不安定なのだしな」

「魔法といえば、レオンの魔法で火を起こしてくだされば暖《だん》を取れるんじゃないですかね」

「ははははは」

笑ってないでこっち見ろ。

「……忘れていたのとわざとと、どちらですか？」

「忘れていた。すまん」

本当に申し訳なさそうに項垂《うなだ》れたレオンの指先が赤く光ったかと思うと、その赤い光がふんわりと私に纏《まと》わりついてきました。お、おぉ！　暖かい！

「魔法凄いですね！　ありがとうございます！」

「気付かずすまなかった。罰として俺はこのままでいようと思う」

「……上着お返しするので、ご自身にも同じ魔法使ってください。使いましょう、使いなさい」

「はい」

寒さを凌《しの》げてレオンに服を着せることもでき、魔法のおかげで一石二鳥《いっせきにちょう》です。魔法万歳。


ワープゾーンを五つ越えたので、そろそろ地下三十階といったところでしょうか。

上層部が雪山だったのが嘘のように、すっかり普通の洞窟《どうくつ》です。

室内なのに大雪だったり急に湿っぽい洞窟《どうくつ》になったり、ダンジョンは不思議過ぎますね。

暖房機能はもう不要ですので、レオンの魔法も解除していただきました。

しかし、安心させてくれないのがレオンクオリティです。

「ていっ！　と、わ、わわわわわ！」

「あぁ、なぜ避《よ》けるのだ！」

「だから着地点に寝転がるのやめてくださいってば！」

数えるのも嫌になるくらいのやり取りです。

魔物に斬りかかって着地しようとすると、そこに転がっているレオン。ダンジョン内で横にならないでください。

お願いだから、欲望のためになら命も惜しまないスタンスやめて。

「今のは惜しかった。紋章も少ししか見えなかった」

「惜しまないでください。踏まないって何度言わせるんですか」

「ユウこそ、踏んでくれと何度言わせるつもりだ。焦《じ》らされるのも度を過ぎると苦痛なのだぞ」

なぜこの距離で言葉のキャッチボールが成り立ってくれないのですか。

さも当然といったお顔で変態発言するのもやめてください。

「しかし綺麗な足をしているな。少し舐めても」

「いいわけないでしょう」

何が悲しいって、こんな阿呆《あほう》な会話をして時折寝転びながらも、レオンは中位魔物を余裕で倒していることです。

腐っても勇者様。本当に勇者様スキルの無駄遣い。

寝転んだ体勢から立ち上がりながら、レオンが不満そうにぶつぶつ言っています。

「夫婦の営《いとな》みを少し早めたって問題はなかろう」

「夫婦の営《いとな》みの意味をお間違えになっていますし、そもそも私はレオンの妻にはなれませんが」

勇者様といえば、魔王を倒してお姫様と結ばれるのが王道ではないでしょうか。

それに、そもそも奴隷には婚姻関係を結ぶ権利などありません。

「刻印をルイに消してもらえばいい話だ。いや、だがそうすると踏まれた時に刻印を眺めることができなくなる！　悩ましい！」

ここまで来るともう呆れ過ぎて何も感じなくなってきますね。

おかげで安定してジェミニを振るうことができます。体内魔力の穏やかなことといったら昨日の比ではありません。

さようなら、私の正常な精神。


そんなやりとりをしながらダンジョンを進んでいると、突然オーガの吠《ほ》える声が聞こえました。

オーガはオークの上位種になるのですが、オークよりもステータスが上がるだけでなく、死の間際に吠《ほ》えて仲間の群れを呼ぶという変わった習性があります。ちなみにオークみたいに醜《みにく》い顔ではない分、鬼みたいに怖いお顔をしてます。

「大勢様でいらっしゃいましたね」

「む、寝転がるスペースがなくなるな」

「私じゃなくオーガに踏まれますよ」

どうせ勇者様であるレオンが、オーガごときに踏まれるようなことはないのでしょうけれども。

べ、別に踏まれてしまえばいいのになんて思ってませんからねっ！

「ユウ、身体能力強化はしないのか？」

「しません。筋力不足が否《いな》めないので、鍛錬《たんれん》です」

身体能力強化はとても便利なのですが、あまり頼り過ぎると筋力と敏捷《びんしょう》の数値が上がりません。

あくまで魔法の力によるものなので元々の身体能力は変わらないのです。

それも困りますので、ジェミニに強化魔法をかけるだけにしてオーガに挑みます。

身体能力強化をしていないと一体を倒すのも一苦労ですが、何とか頑張ります。

前方から、数十体のオーガがもの凄い勢いでやってきます。仲間呼び過ぎだろ。

「今日はここでオーガ祭、ですっ！」

「せっかく俺が同行しているのだ、さっさとダンジョンを攻略してしまえばいいのに。魔石が手に入るぞ、ユウの好きな魔石だぞ」

「私は魔石好きではありませんっ！」

う、でもこのダンジョンの難度ならばそこそこなお値段の魔石が入手できそうです。それも捨てがたい！　私は魔石が好きなのではなくて、魔石を換金したいだけなのです。

せめて私を買った費用分くらいは稼ぎたいだけなのです。

だから仕方なくジェミニに向かってお願いしました。

――オーガをやっつけてください！　と。

「きもちわる……」

「さぁエーテルを！」

「自分で飲めますから……」

ジェミニが全力の火魔法をぶっ放《ぱな》してくださったおかげで、オーガの群れは一瞬で炭《すみ》になりました。火力凄いな、やっぱり。

今回は魔力切れこそ起こしませんでしたが、大量に消費したので酔いました。

勇者様らしからぬにやけ顔で口移ししようとするレオンの手からエーテルをひったくり、一気に飲み干します。口の中が生臭苦酸《なまぐさにがす》っぱいです。美味《おい》しいエーテル、誰か開発してください。

「ふぅ。ナゾルさんの魔法を使うにはまだまだ魔力が足りな過ぎますね」

「あいつは魔力が馬鹿みたいに高い魔人だったからな」

なぜそんな魔人の角《つの》をジェミニに使ったのですか。完全に宝の持ち腐《ぐさ》れです。

「ユウの身を守るためには素材を惜しむわけにはいかない。手持ちの素材の中でも最上級のものを使ってもらった」

「はあ。どうりで刃こぼれもしないと思いました」

「美しい武器は美しいユウによく似合う。ミリアのセンスには感謝せねばならんな」

ふふん、と自慢げなレオンの美的感覚はおかしいやら正しいやら。

ミリア様のセンスはとても素晴らしくジェミニは芸術品のように綺麗です。

ですが……

私はとてもじゃないですが美人ではありません。前の世界でも、美人なんて言われたことはありません。ふ、普通くらいだとは思いたいですが。

美形しかいないパーティについてまわる私の身の置き場のなさ。

私の言葉にレオンは不思議そうにしています。

「ユウはなぜそんなに自己評価が低いのだ？　見た目はもちろん、実力もそこらの冒険者など比にならないくらいに強くなっているぞ」

「レオンこそ私を過大評価し過ぎです」

ジェミニにお願いするだけで魔力を失いかけるような私です、使い物にもなりません。

「まぁレオンの浪費癖と床で寝る癖を少しだけでも直せたのは、評価してくださってもいいのですよ？」

割と本気でそう言うと、レオンに真顔で見つめられました。なに。

「俺はユウを愛している。評価も何もなかろう」

……今、とんでもないことおっしゃいませんでしたか？

「はい？」

「だから、俺はユウを愛しているのだ。惚れた女を評価などしないだろうが」

「……私は奴隷なのですが」

「だから何だ。そもそも俺が見つけた時に奴隷になっていたのはユウではないか」

何をおっしゃってるのか全くもって理解できません。イミワカンナイ。

いつどこで、私が惚れられるようなイベントがありましたか？　ありませんでしたよね⁉

百歩譲って好いてくださっていると認めたとしましょう。

「貴方は惚れた女性と奴隷契約して、自分を踏ませたがるのですか？」

「好きでもない女に踏まれて、何が楽しいのだ」

「……好きな相手にも踏まれたくはありません」

「安心しろ、俺も踏みたい趣味はない」

「私にもありませんよ！」

どうしてダンジョンの中で勇者様と漫才なんかしているのでしょうか。

どうやらこの話題はさっさと切り上げた方がよさそうですね。

困った時の万能スキル、スルースキル発動です‼

「さて、そろそろ次の階層に向かいましょうか」

「うむ、そうやって容易《たやす》く無視する姿も愛らしいな」

「このダンジョンは何階まであるんでしょうかね、ラスボスまで近いといいですね」

「いっそ永遠に続くダンジョンならいいな」

どっと疲れが出てきた……。二手に分かれてダンジョン攻略しましょう案は、失策だったかもしれません。

皆様がいる場所ではまだ猫を被っていたのですね。あれでも。

二人きりになった途端、加速する残念感が残念です。

目の前の階段を今すぐにでも駆け下りたいのですが、体が重い。

よく考えたら、二桁にもなる階層を徒歩で進むなんて前の世界では考えられないことですよね。

しかも歩くだけでなく途中で戦闘もあるのですから。

「やっと……地下五十九階ですよ……」

「割と早かったな。恐らく次がラスボスだろう」

レオンはさすがといいますか、息切れ一つしていません。

やっぱり筋力大事ですね。目指せスレイン様！

「身体能力強化を使う気になったか？」

「ふ、不本意ながら」

足に魔力を込めれば、疲れは取れなくとも動かすことは楽になります。

魔力加減を覚えなさいとルイ様から課題もいただいていますし、魔力を流し過ぎないように気をつけないと。

「よし、では行くか」

「頑張ります」

これまで遭遇《そうぐう》してきた魔物も中々に強く、一苦労どころではありませんでした。

レオンの援護がなければ死んでいたことでしょう。

そんなダンジョンのラスボスです、相当強いんだろうなぁ。

ごくり——意を決して扉を開けました。

——ダンジョンから脱出すると、皆様が待っていてくださいました。

私の様子に青ざめたルイ様が駆け寄ってきてくださいます。

「ユ、ユウ殿？　大丈夫ですか？」

「ちょっと、ユウにはまだ早かったんじゃないの？　このダンジョン、だったものは」

はい、ミリア様のおっしゃる通りです。とっても早過ぎました。

「きちんと攻略してきたぞ。ラスボスのトドメもユウが刺したし、魔石も素材も回収した！」

確かにトドメを刺したのは私ですが、その前にレオンが魔物の体力を奪ってくれていたからこそできたことです。

「レオンさん、ユウさんに甘いのかスパルタなのかわからんな」

前者ですよスレイン様。

スパルタのように見えるのは私のためではなく、レオン自身のお楽しみのためなのです。

と主張したいのですが、今の私は指先一つ動かすことができません。

「エーテルはどうしたのよ」

「『もったいない、攻略も済んだから自己治癒で問題無い』とユウが言うのだ。ユウ、宿までちゃんと運んでやるから心配するな。ゆっくり休むといい」

キラキラな背景効果まで付けて優しく微笑んでくださるレオンは、とってもイケメンです。見た目だけですが！

全くもう、ラスボスが竜種だなんて私には早過ぎです。魔力切れで声も出せません。さも守ってやったという表情のレオンですが、お姫様抱っこしているその手が私の腿《もも》やお尻を撫《な》でているのは、忘れませんからね。

動けるようになった私に引っ叩《ぱた》かれたレオンが、喜びながらも「今度こそ踏んでもらえると思ったのに！」と残念がっていたことは、後世には残せないお話です。

＊　＊　＊

ミリア様の放つ弓矢が容赦なく降り注がれます。

私はそれを避《よ》けながら魔物を倒さなければなりません。

筋力と敏捷《びんしょう》の伸びが悪い私を見兼ねての鍛錬《たんれん》なのですが、これ、中々きついです。

「はい、休憩ね」

ぜぇぜぇと息を切らしている私に、ミリア様が労《ねぎら》いのお言葉と特殊回復魔法をかけてくださいました。

体力ではなく疲労回復の魔法です。疲れてるのに疲れてない不思議。

今日はミリア様と二人で訓練の日なのですが、ダンジョンではなくクエストに挑戦することになりました。私にとっては初めてのクエスト受注です。

Dランクのクエストなのでホブゴブリンを十体討伐《とうばつ》するとクリアという比較的簡単なクエストなのですが、今日はもうホブゴブリンとは五十体くらい戦っている気がします。

討伐《とうばつ》クエストは、その対象となる魔物の討伐《とうばつ》証明部位をギルドに提出して証拠とします。

ホブゴブリンの証明部位は右の牙《きば》なので、バキバキ抜きました。

「毎日ダンジョンじゃ湿っぽいし、たまには日の光を浴びないとお肌にもよくないわよね」

ミリア様の笑顔は女神級の美しさですね。眩《まぶ》しい。

「私のいた世界では、日光はお肌の天敵でしたが」

「え、そうなの!?」

「日焼けするとシミやソバカスが増えますからね。日焼け止め対策に勤《いそ》しんでいたのも懐かしい思い出です」

こちらの世界には日焼けという概念がありません。褐色の肌を持つ方もいますが、全て生まれつきの肌色です。

私が何気なくそんな話をしていると、ミリア様の顔が少し陰《かげ》りました。

「……ユウって時々、前の世界のことを話すじゃない？　寂しくなったりしないの？」

「寂しく、はないですね。そんなこと考える余裕もありませんから、今は」

ダンジョンで戦って宿で魔法のお勉強して、夜はレオンのお世話です。

寂しくなる前に眠くなります。

「でもその、ご家族とか……」

家族、ですか。

ミリア様の表情があまりにも曇《くも》っているので、久しぶりに両親を思い出してしまいました。

お父さんとお母さんはどうしているでしょうか。心配しているかな。

そもそも異世界といえば時間の流れが違うというのも〝あるある〟ですが、私の場合はどうなのでしょう。

会社は無断欠勤しているので、まぁ戻れても席は無いでしょうね。

こちらの数年が向こうでは数分でした的なオチになってくれれば、首の皮は繋がるかな？

「うーん。なんといいますか、諦《あきら》めています」

「え、諦《あきら》め？」

「あー。悪い意味ではなく、吹っ切れたといいますか。考えるだけ無駄といいますか。悩む時間があるなら鍛錬《たんれん》に費《つい》やす方が建設的だなぁと思って」

前の世界に戻れる保証は無いので、いっそこちらに骨を埋《うず》める覚悟をしてしまった方が気が楽になるというものです。両親のことを忘れたわけではないですけどね。

「……貴方、意外とシビアな性格しているわよね」

「そうでしょうか？　シビアというか、ミリア様達がお優しいので。私は悲しくも寂しくもありませんよ」

そう言い終わらないうちに、ミリア様が飛びかかるように抱きしめてくださいました。そろそろ慣れてきたな。

「可愛いこと言ってくれるじゃないの！　もうミリアお姉様が守ってあげるから心配いらないわ！」

「く、苦しいです」

殺人的な胸が呼吸を妨《さまた》げているのですが、お気持ちは嬉しいので抵抗しにくいですね。しかし細い腕なのに凄い力です。ちっとも振り解けないのですが。酸素が足りない。うぐぐ。

「あら、ごめんなさい」

「けほ。だ、大丈夫です」

ミリア様は私を離すと、指を折りながら楽しそうに家族計画を立て始めます。

「わたくしが姉で、スレインがお父様ね。ルイは……兄？　母？」

「そこは兄じゃないでしょうか」

いや、でもちょいちょい出てくる過保護属性は母上感、否《いな》めないな。

「レオンは……犬？」

真顔でリーダーの勇者様を犬扱いするなんて、ミリア様、ドS《エス》です。うーん、勇者様の奴隷として一言申し上げた方がよいでしょうか。

「い、一応私の主人で勇者様ですが……」

「主人ってことは、ユウの夫ってことかしら？」

「全力でやめてください」

楽しそうに笑っているミリア様こそ、レオンの女王様に相応《ふさわ》しいのではないでしょうか。って言ったら怒られそうなのでお口にチャックです。

「さて、楽しい家族計画もこの辺でおしまいね。オークの群れが近くにいるみたいだから、討伐《とうばつ》するわよ」

イエスマム!!

＊　＊　＊

ミリアお姉様――と呼べと命令されました――の特訓のおかげで、素材報酬もクエスト報酬も、ほくほくの結果になりました。今の私はとってもご機嫌です。

受付で換金してもらった瞬間、万歳したくなりました。……してません。してませんからね？

ギルドに戻ると、すでに高難度ダンジョンをクリアした皆様が待っていてくださいました。

ハグでお迎えしようと近寄ってきたレオンを華麗に避《よ》けられたのも、ミリアお姉様との特訓の成果なのです。

これ絶対、敏捷《びんしょう》の数値上がってるやつだ！　ひゃっほー！

レオンは少し不服そうですが、成果を見ると渋々褒めてくださいました。なんで渋々なのですか。

「かなり稼いだな」

「ミリアお姉様のおかげなのです！」

私がはしゃぎながらそう言うと、ルイ様が不思議そうに首を傾《かし》げて。

「何ですか？　その〝お姉様〟というのは」

「わたくし、ユウの姉になることにしたのよ」

「そうなのです、ルイお兄様」

上目遣いでそう言うと、ルイ様は照れているのかオドオドしています。意外とウブ？

「ぼ、僕は兄なのですか？」

「何だよずるいな！　俺も入れてくれよユウさん！」

動揺するルイ様の隣から、スレイン様が割り込んでこられました。

「お、お父様！」

「俺オヤジかよ!!」

「ふふふ、ぴったりだわ！」

ミリアお姉様はすっかり家族ごっこがお気に召したようで、何よりです。

困った様子のルイ様、スレイン様、ご安心を。冗談です。イッツ奴隷ジョーク。

「なぜ俺がいないのだ！」

「あら、犬は喋《しゃべ》らないものよ？」

ミリアお姉様の中ではレオンはペットの犬で確定のようです。

私のような奴隷ごときでは、とても止められない勢いだったのです。モウシワケアリマセン。

「ミリアに犬扱いされても嬉しくない！　むしろ腹立たしい！　ユウでなければ意味が無いのだ！」

「ギルド内でとんでもないことを大声で言わないでください。レオン、ステイ！」

「……わん」

レオンを大人しくさせるスキルを、また一つ手に入れたようです。嬉しくない。

＊　＊　＊

今日はルイ様がダンジョンに同行してくださる日です。

朝食を終え、ルイ様をロビーで待っていますと、やってきたルイ様の姿に、え？　は？

「あの……その大荷物はどうなさったのですか？」

重そうな鞄《かばん》を二つも背負ったルイ様はとても動きにくそうで、せっかくの綺麗なお顔も歪《ゆが》んでらっしゃいます。

「こちらはエーテルと万能薬、こちらはポーションです」

そう言いながら、荷物を一つ一つ指差し確認していらっしゃいます。

いつもはこんなに大荷物じゃないですよね。

「僕は攻撃魔法ばかりで回復魔法が使えません。万が一、ユウ殿が怪我《けが》をされた時に……」

さて、この過保護な魔法使い様をどうしたものか。

「備え過ぎです、大丈夫ですから減らしましょう。大幅に減らしましょう！」

「ですがユウ殿に何かあ――」

「荷物を置きに戻りましょう！」

「……はい」

日ごろから、どうにも過保護なところが多いのがルイ様です。

心配してくださるのはありがたいのですが、今日はちょっと酷過《ひどす》ぎやしませんか。

戦闘の度にポーションやエーテルを渡そうとしてきたり、ずっと先に二、三体の魔物が現れただけで、私のことなどお構いなしに全力の広範囲魔法で一気に全滅させてしまいました。

あの、これでは私の鍛錬《たんれん》になりませんし、下位魔物相手ではルイ様のポイントにも経験値にもほとんど影響無いですよね？

うん、大問題です。これはどうにかしないといけませんね。

「ルイお兄様、お話があります」

伝家《でんか》の宝刀《ほうとう》、家族ごっこ！　です！

ミリアお姉様がふざけて始めたことですが、ルイ様も満更《まんざら》ではないことはわかっております。

「ユ、ユウ殿！　その呼び方はちょっと……」

「お兄様、私も戦闘に参加させてください」

一々薬品を渡されるのも、経験値稼ぎができないのも、かなり凄くとても困ります！

私の鍛錬《たんれん》という目的を見失わないでください！

「で、ですが、ユウ殿に怪我《けが》はさせられません！」

「怪我《けが》はポーションで治ります。お願いですから私に鍛錬《たんれん》させていただけませんか？　お兄様」

「そのお兄様はずるいです！」

よし、もうひと押しだな。ルイ様の耳が赤く染まっていらっしゃるのは見逃しませんよ。

「ダメですか？　お兄様」

「わかりました、わかりましたから！」

降参とばかりに両手を上げるルイ様です、勝った！　勝ちましたよ！

ふふふ、ミリアお姉様に仕込まれた策士スキルは有能ですね！

「ルイ様に教えていただいた魔力のコントロールも披露させてください」

「はい。次に出た魔物に僕は手出ししません。お気をつけて」

「ありがとうございます！」

やっとまともに戦えることになり一安心です。

心配してくださるルイ様のお心遣いは大変ありがたいのですが、とにかく一刻も早く強くなりたいのです。

最前衛として恥ずかしくないよう、ガンガンいかせていただきます。


何度か魔物を倒すところを見て、ルイ様の心配性も多少は和《やわ》らいだようです。

初期のハラハラなお顔、授業参観じゃないんですから。

「かなり魔力のコントロールに慣れてきたようですね。スムーズに動けていました」

「ありがとうございます！　ルイ様のおかげです」

魔力がとにかく高いルイ様は、他人の魔力の流れが見えるそうです。

私が無駄に魔力を使っていれば、すぐに見抜いて指摘してくださいます。

ご自身も昔は魔力をコントロールするのにご苦労なさったとか。

ワープゾーン付近に到着すると、ルイ様がステータスを確認したいとおっしゃいました。

「ステータス」

【名前】ユウ・アヤセ　24歳
【レベル】36
【冒険者】ランクD
【種族】人間
【職業】奴隷
【魔法】無属性（身体能力強化・武器強化・魔法付加（火・水・雷・闇））
【体力】1520
【魔力】1860
【敏捷《びんしょう》】830
【筋力】780
【スキル】言語開放・料理・掃除・保育・調教・鞭《むち》・双剣・無詠唱《むえいしょう》・自動発動・魔力操作・回避・策士
【称号】異世界人・勇者の奴隷・上級鞭《むち》使い・二刀流・魔剣の使い手・魔人ナゾルを使役《しえき》する者・奴隷らしからぬ者・虐殺者・剥《は》ぎ取り名人・高位エルフの妹・高位魔法使いの妹・強戦士の娘・勇者の飼主

ステータスの表示をじっくり見ていたルイ様が、口を開きます。

「これは、見る度に恐ろしくなりますね。魔剣に付加できる魔法の属性はナゾルと同様のようです。レオン殿もまたとんでもない魔剣を作ったものです」

ルイ様のお言葉に、以前から気になっていたことを尋ねてみました。

「もうじき魔力は二千を超えるのに、まだ魔法付加をすると魔力が切れかかるのです。ナゾルさんという魔人さんはどれだけ強力な魔力を持っていたのですか？」

「とにかく膨大でした。魔力の量だけでしたら僕も負けますね」

高位魔法使いのルイ様を凌《しの》ぐとは、どれだけでしょう。

ちなみにルイ様の魔力は万を超えているそうです。それ以上の魔力を秘めた魔剣なんて、私に使いこなせる日が来ることはあるのでしょうか。

「ジェミニには魔力を与えているというより、捧げている感じなんですよ」

「捧げるとは、どういう意味ですか？」

「ジェミニに魔法を付加する時はですね、『私の魔力を渡すので何とかしてください』ってジェミニにお願いしてるんです」

初めてダンジョンのラスボスと対峙《たいじ》した際、頭の中に不思議な音が響きました。

言葉のようで言葉でないあの音は、ナゾルさんの声だったのかもしれません。

私のお願いを、ジェミニを介してナゾルさんが聞いてくださってるのでしょうか？

「なるほど。魔人の角《つの》は魔人の力が一番強い、核のようなものです。それを使用して作られたジェミニですから、ナゾルの魂《たましい》の一部が入り込んでいることも考えられますね」

今、怖いことをおっしゃいませんでしたか？　魂《たましい》の一部ですって？

「ま、魔人の魂《たましい》が宿っているとして……私のお願いを聞いてくださるものなのですか？」

「そこが称号の〝使役《しえき》する者〟に繋がるのですよ。理由はわかりませんが、ナゾルはユウ殿に仕えている、のも違いますか。契約したことになるのでしょうか」

ナゾルさんが私の魔力と引き換えに、私には無い属性魔法を使っているということはわかりましたが、どうしてそのようなことをなさっているのか疑問です。契約をした覚えはありません。

そんな疑問が顔に出ていたのか、ルイ様はさらに追及してきます。

「最初に発動した時も、同じようにお願いしたんですよね？」

「はい。もやもやした声のようなものが頭の中に響いたので、助けてください！　ってお願いしました」

「恐らくそれが契約ですよ。ユウ殿のお願いに応《こた》えた、つまり契約完了です」

何という詐欺《さぎ》!!　内容聞き取れてませんでしたよ、私は。

契約に際する重要事項とかちゃんと教えてくれないと困ります、ナゾルさん！

驚愕《きょうがく》している私に、ルイ様が優しく続けます。

「今度、『これくらいの魔力でこれくらいの魔法を』といった具体的なお願いをしてみるといいですよ。上手くいけば対応してくれるかもしれません」

ルイ様のおっしゃるように対応してくだされば、だいぶ楽になりますね。ふむ。

しかし、自分を殺したパーティの奴隷に使役《しえき》されてるってどんな心情なんだろう。

ダンジョンでの訓練を終えてギルドに戻る途中、ルイ様に以前から気になっていたことを伺《うかが》ってみました。

「そういえば、ルイ様はレオンと昔からの幼馴染《おさななじみ》なのですよね？　えっと、レオンは、その」

「昔からああだったのか、という質問でしたら、否定しておきましょう」

困ったように笑って、ルイ様は少しだけお話ししてくださいました。

「ユウ殿にはご迷惑ばかりかけてしまっていますが、彼には悪気は無いのです」

「ルイ様はレオンのことを、とても大切になさっていますよね」

日ごろからルイ様はレオンをフォローなさることが多く、レオンもルイ様には多少甘える節《ふし》があります。まさかのBL展開《ボーイズラブ》!?　なんて思ったこともあったりなかったり。そんな展開はありませんでしたが。

「そう、かもしれませんね。……選ばれし者なんて聞こえはいいですが、魔王討伐《とうばつ》という大業を押しつけられ、勝手に人生を決められているようなものですから。信じられないかもしれませんが、貴方を知る以前の彼はほとんど無表情だったのですよ」

「確かに、俄《にわ》かには信じられないですね」

私の言動に一喜一憂するレオンしか知りませんので、ルイ様のその言葉は意外でした。

「ユウ殿には迷惑な話かもしれませんが、レオン殿のそんな変化も僕には嬉しいことなのです。どうか、嫌いにはならないであげてくださいね」

「いや、とんでもないです！」

私はぶるぶると首を横に振って全力の否定をします。だからルイ様早く頭を上げて！

「奴隷館から解放してくださり、今も奴隷とは思えない待遇を受けています。嫌いになるなんてありえません」

奴隷館で聞いていた勇者様の物語は煌《きら》びやかで華やかでしたが、どうやら凡人の私には理解できないような苦悩がレオンにはあるのかもしれないことを知ってしまいました。

「嫌いになんか、なりませんよ」

主人だからとか、奴隷だからとかじゃなく。彼の笑顔に弱いのはルイ様だけじゃないんですから。

＊　＊　＊

皆様にローテーションで何度かダンジョンにご同行いただいておりましたが、本日は私以外の皆様は超高難度ダンジョンに挑戦されています。

不定期に現れる特別なダンジョンだそうで、レアな魔物が出たりもするそうです。

悲しいかな、まだサポートになれない私はお留守番なのです。

案の定レオンも残ると駄々《だだ》をこねたのですが、貴重な素材だけでなく経験値やポイントも稼げる高ランク魔物が出るダンジョンです。

行かせました。

はい、命令させていただきました。


お留守番だからといって私もぼんやりしてはいられません。

ルイ様との鍛錬《たんれん》で判明した、ナゾルさんの魂《たましい》との会話を試《こころ》みるつもりです。

ギルドに併設されている訓練所にやってきました。当然貸し切りです。

「ナゾルさん、ナゾルさん聞こえますか？　どうぞ」

これまで声がきちんと聞こえなかったのは、ナゾルさんとして認識していなかったからかもしれないと思い、お名前を呼んでみることにしました。

「ナゾルさん、聞こえていたら答えてください。どうぞ」

ジェミニを鞘《さや》から出して一人でぶつぶつしゃべっているので、傍《はた》から見たら不審者です。

「ナゾルさん、ナゾルさん、聞こえ」

『聞こえておるわ喧《やかま》しい』

「そ、それは失礼いたしました」

聞こえていたようです。

脳内にダイレクトに声が響きます。契約（仮）しちゃった時と同じ感覚ですね。

ナゾルさんは男性だったようで、イケメンボイス——略してイケボです。

「あの、ナゾルさんの声は他の人にも聞こえるのでしょうか？」

『貴様が望めば他人にも聞こえるようになる。魔力は必要になるがな』

何かをお願いするには対価が必要なことは承知しておりますが、周りに聞こえるようにするために魔力が必要なら、とりあえずは私にだけ聞こえていればいいかもしれません。

「ナゾルさん、私は貴方と契約したことになっているのでしょうか？」

『そうだが、我の話を聞いておらんかったのか』

「聞くも何も、言語として聞こえませんでしたので」

やはり、ちゃんと契約内容を教えてくれていたのですね。

「申し訳ありません、あの時は必死でお願いしていたので。もう一度お聞かせくださいませんか？」

『全く、仕方のない奴だな』

面倒くさそうに、それでもナゾルさんはお話ししてくださいました。

契約内容は至ってシンプル。お前の魔力を寄越《よこ》せば力になってやるぞ、です。

「……なぜ私と契約したのですか？　えっと、貴方を殺したパーティに属しているのに」

『だからこそだ、愚《おろ》か者め。貴様が反旗《はんき》を翻《ひるがえ》せば我の復讐になるだろうが』

ジェミニを介して私の魔力を使用していれば、そのうち私が魔人の力に毒されてレオンに仇《あだ》を成すだろうというのがナゾルさんの思惑《おもわく》だったようです。

恐らくドヤ顔しているんだろうなぁ、ってくらいに不遜《ふそん》なお声のところ申し訳ないのですが。

「なるほど。でも残念ながら復讐は遂《と》げられないと思われます。いえ、遂《と》げられないですよ」

私が勇者の奴隷だと言うと、ナゾルさんは予想通り驚愕《きょうがく》しています。

『何⁉　貴様、奴隷だったのか⁉　しかも勇者のだと⁉』

「はい。ですから私が勇者様に刃向かうなどありえないのです」

『な、何たる失態か！』

私が奴隷だとはご存知なかったようで、本気で悔しがってるお声です。

確かに、ジェミニのような高度な魔剣を使用している奴隷なんて聞いたことがありませんものね。

「でも、私はナゾルさんのおかげで何度も助けられました。ありがとうございます」

『……貴様はおかしな女だな』

「なぜです？」

『普通は勇者に復讐すると聞かされたら憤慨《ふんがい》するものだろうが』

そうか、それもそうだな。納得する私に、ナゾルさんは呆れたように溜息を吐《つ》いています。失礼な。

『まぁいい。やっと対話できるようになったのだ。このような質問をするためだけにこんな場所にいるのではなかろう』

「お話が早くて大変助かります」

もちろん、質問だけが目的ではありませんので。


「凄い！　凄いですナゾルさん！」

『ふん、この程度、我には容易《たやす》いわ』

魔力を少しだけ使ってジェミニに魔法付加ができないかお願いしてみたのですが、さすがはルイ様も一目置く魔人さんです。あっという間に私の持つ魔力量を把握した上で、無理のない魔法付加をしてくださいました。

「ジェミニがビリビリしています」

今回は雷の魔法付加です。パチパチと火花を散らすジェミニですが、頭がクラクラすることもありません。

これです。こういうのがやりたかったのです。

『まさか我の角《つの》を使った武器の持ち主がここまで魔力の少ない者とは思わなんだ。これまで無理をさせてしまっていたのだな』

「分不相応な武器を持つ私が悪いのです。ご理解痛み入ります」

ぺこりと頭を下げた私に、ナゾルさんは愉快そうに笑いました。

『魔人と契約した以上、立場は貴様の方が上だ。我は貴様に使役《しえき》される立場にある。もっと命令してもいいのだぞ』

「使役《しえき》しているつもりはありません。私はナゾルさんにお願いしているだけですから」

魔人と聞くととても怖い存在なのかと思っていましたが、ナゾルさんは怖くないですね。

口調こそ偉そうですが、私を案じてくださるお優しい方です。

あ、偉そうではなく偉い方なんだった。

『まぁいい。我は貴様が気に入った。今後は適度に魔力をもらうこととしよう』

「ありがとうございます！　今後ともよろしくお願いいたします、ナゾルさん」

勇者様の奴隷が、元は敵である魔人さんに気に入られるってどうなんだろう。嫌われるよりはいいか。

しばらくはナゾルさんとお話ししたり、魔法付加を試してみたりと訓練所で過ごしました。

さて、皆様がダンジョンから戻られる前に切り上げて、ギルドのロビーでコーヒーでも飲みながらご帰還を待つことにいたしましょう。

その後、帰ってきた皆様にナゾルさんとのやりとりについて報告すると、今後は高難度ダンジョンにも同行させていただけることになりました。

ナゾルさんが魔力調整してくださるおかげで、魔法付加による効果も上がりました。

魔力切れを起こさないように少しずつ魔力を使うのでエーテルもいりません。

その様子を見て、一番心配してくださっていたルイ様が褒めてくださいました。

「素晴らしいコントロール力ですね」

ルイ様が安心してくださって嬉しいですが、コントロールしてるのは私ではなくナゾルさんなのです。

とはいえ、頭の中に響くナゾルさんの声は『ふん、我にかかればこの程度造作もない』と満更《まんざら》でもなさそうですけど。

＊　＊　＊

本日は高難度ダンジョンに同行させていただいています。

私のレベルが五十を超え、さらにランクもCになったので！

高難度ダンジョンはやはり強い魔物ばかり出現しますが、ナゾルさんのおかげで何とか邪魔にならない程度には動けています。

目の前にいた魔物を倒し終わると、頭の中に声が響きます。

『貴様は魔力の回復速度が異常に速いな』

「そうなのですか？」

魔力の流れ方を見るルイ様と異なり、ナゾルさんは私の魔力をそのまま体感しています。自分でも気付かないようなことに気付いてくださり、教えていただけるのは助かりますね。

『全く、貴様は奴隷など相応《ふさわ》しくない。我らが魔王様の妃《きさき》にしたいくらいぞ』

……聞かなかったことにいたします。

皆様にナゾルさんとの会話が聞こえなくてよかった、と安堵《あんど》していると、急にナゾルさんが叫びました。

『竜種の群れが来る！　態勢を整えよ』

「は、はいっ。皆様、竜種の群れが来るそうです！」

ナゾルさんの言葉は、必要な情報のみ私が仲介して皆様にお伝えすることにしています。

どうやらナゾルさんも探索スキルを使えるようで、私の魔力を使って探索してくれました。それから、敵の属性に合わせてジェミニに魔法を付加してくださいます。こちらに来ている竜種は、火が弱点なのか、ジェミニが赤く色を変えました。キレイ。

私の言葉を受け、皆様が私の方を振り返ります。

「わたくしの探索スキルを取り上げられたわ！」

「攻撃魔法で相手の弱点を見極める僕の仕事が!!」

「ナゾルめ、ユウの腰にくっつきやがって‼」

皆様のクレームが飛び交いますが、スレイン様と苦笑いでスルーです。つき合ってたらキリないもの。

さすがは高難度ダンジョン、まだ上層部なのに竜種の群れとは。

気を引き締めなければなりませんね。

＊＊＊

コーヒーのいい匂いにつられて目を覚ましました。

猫舌の私が飲めるように冷ましてくれるのも、もうレオンの日課です。

「おはよう」

「おはようございます」

「今日はこの国を出るぞ」

「はい。荷造りはしてあります」

高難度ダンジョンを攻略した私のランクは、ついにBになりました。

特定の魔物を倒すと、ボーナスポイントでランクが上がるのです。特定の魔物って、どの魔物だったのかな。

Bランクならもう先へ進んでもよいだろうと、ローレア国を出ることになりました。

「あっという間にランクを上げたな」

「皆様が効率よく鍛錬《たんれん》してくださいましたから」

いつまでも皆様を足止めさせるわけにはいきません。なんとか半月程でここまでランクを上げられたのも、その思いがあったからです。

「次に向かうのはシン国だ。どうやら魔人に支配されているようだから、何とかせねばならんな」

シン国の国民の皆様をお待たせして本当に申し訳なく思います。

報《むく》いるためにも精一杯働く所存です。

レオンの珍しくまともな言葉に強く頷《うなず》きました。

「頑張ります！」


……馬車って結構揺れるんです。

乗り心地はとてもいいとは言えません。何せ舗装もされていない道を走るのですから。おしり痛い。

前の世界の交通事情とは比べものになりません。

顔色を青くして横になっているのはスレイン様です。乗り物酔いですね。

元々移動は己《おのれ》の足で、という方なので、馬車には慣れないそうです。

「大丈夫ですか？　お水いりますか？」

「悪いな……」

ジェミニからナゾルさんの水魔法を拝借して、ガラス瓶《びん》に水を入れ、スレイン様に手渡します。

さすがにスレイン様のお口に直に水魔法をぶっ放《ぱな》すのは問題だと思われますので。

スレイン様はそれを一気に飲み干して、遠い目で空を仰《あお》ぎます。

「これがあと何日も続くのかよ……」

この世界では、隣国へ移動するのに何日もかかります。

「頑張りましょう、スレイン様」

そしてスレイン様にガンつけるのはやめましょう、レオン。

第三章

何も危険があるのはダンジョンだけではありません。

国や町の門外にもちらほら魔物が出没しますし、旅の行商人や貴族の馬車を狙《ねら》う盗賊も現れることがあるそうです。

盗賊の中には金目のものを渡すだけで済む者もいれば、欲求のままに惨殺《ざんさつ》する快楽殺人犯もいるとか。そういった犯罪者は指名手配されており、殺しても罪には問われません。

むしろ賞金をいただけます。いわゆる賞金首という奴です。まあ、そうそうエンカウントするものでもないでしょうが。


「金と女を差し出せ」

まさかそんなフラグが立っていたとは思っていませんでした。

突然馬車を取り囲むように現れた集団は、全員が賞金首のお尋ね者のようです。それも、殺人を繰り返している極悪人ばかり。

賞金首のような悪人退治も勇者のお仕事扱いなのか、ルイ様の頭の中にはほとんどの賞金首の情報がインプットされてるとか。記憶力半端ない。

とはいえ、小汚い恰好と極悪な目つき、加えてテンプレ通りな台詞《せりふ》はどこからどう見ても悪い奴です。

しかし、パーティの皆様は顔色一つ変えることなく、平然としています。

私の前に座っていたミリアお姉様が、窓の外を見ながら若干面倒くさそうに私に言いました。

「ユウ、やってみたら？」

「……ミリアお姉様は本当にスパルタですよね」

ひょっこりと窓から顔を出すと、賞金首の何人かがこちらを見ています。あれ、差し出す〝女〟に私もカウントされてます？

当たり前ですが、人を相手に戦ったことの無い私です。

そんな経験ないままで人生を終えたかった!!

「金はともかく、ユウに手を出させるわけにはいかないな」

あぁ、レオンの目が向こう側に行ってしまわれました。

両手を組んで指をバキバキいわせてらっしゃいます。目が完全にヤンデレモードに突入していらっしゃいます。

「ほら、このままじゃレオンに死ぬよりも酷《ひど》い目に遭《あ》わされちゃうわよ？　いっそユウが殺してあげた方が彼らのためだとは思わない？」

どっちが悪者なのかわからない発言ですが、なんだかそう言われるとそんな気がしてきました。

私がレオンの顔を見ると、嬉しそうに車外に出ようとします。待って。

「心配いらん。ユウの手を汚すことはない。奴らにそのような価値など無い！　ユウに痛めつけられていい人間は俺だけだ！」

「人聞きの悪いことを言わないでください！」

そんなやりとりをしていると、ルイ様も立ち上がりました。

「ユウ殿に目を付けるのはお目の高いことですが、だからといって許されることではありませんね。視界に入れるだけでもおぞましい」

ルイ様まで向こう側に行ってしまいました。この人過保護属性値上がってないか？

頼りのスレイン様は乗り物酔いから回復していません、何ということでしょう。

このままでは大事《おおごと》になってしまいます。

「賞金首を殺しても罪にはならないし、むしろギルドから賞金をもらえるのよ？」

ミリアお姉様が悪魔のごとく囁《ささや》いてきます。

賞金首とはいえ、抵抗があります。でも、この人達を見逃せば他の誰かが殺される可能性が高いのですよね。

……悩んで悩んで、私が出した答えは――

「……ナゾルさん、お願いいたします」

私の言葉を聞いて、再びミリアお姉様が囁《ささや》きます。

「所持品は証拠として必要だから壊しちゃダメよ」

「わかりました。ナゾルさん、所持品を傷つけることなくお願いします。可能な限り、痛みを感じない方法で」

『痛めつけてはならんのか？』

何で不満そうなのですか、魔人さんだからですか。

でもそこは妥協していただきます。

「ダメです！」

そして私はぶん、とジェミニを振るったのでした。

「……はぁ」

魔力切れでもないのに強い疲労感があります。遠距離魔法みたいなものだったのであまり実感はありませんが……手が少し震えています。

所持品を回収しに行くことはできず、レオンにお願いしました。

『もう、前の世界には戻れませんね』

そう心の中で呟《つぶや》いた言葉はナゾルさんにしか聞こえません。

何も言わずにいてくれたナゾルさんに感謝です。

＊　＊　＊

盗賊を退治してからしばらく馬車を走らせていると、辺りがだんだん暗くなってきました。

旅の最中は当然野宿になります。野営ができそうな場所を見つけ、皆様が馬車から降ります。

先程からお腹《なか》が空《す》いたとこぼしているミリアお姉様が、何かを閃《ひらめ》いた顔つきで近づいてこられました。

「そういえばユウのスキル、強烈なものが目立っていたけど料理のスキルもあるのよね」

「はい、奴隷館では料理番もしていましたから」

少ない材料でいかにたくさん作るかばかり考えてきたので、味には自信はありません。スキルと言えたものかどうかは怪しいところですが、道すがら討伐《とうばつ》した魔物の素材から食べられるものをミリアお姉様に選んでいただきました。それらを、今ある調味料でなんとかしなければなりません。

「じゃあ料理は任せるわ。わたくしは皆の装備品を洗ってくるから」

「わかりました。お願いいたします」

洗うと言っても実際にお洗濯するわけではありません。光魔法が使えるミリアお姉様は、その応用で浄化魔法もお使いになれるのだとか。汚れや雑菌などを魔法で徹底的に除去しちゃうらしいですよ。すっごい便利ですよね。私も欲しい。

「さて。こっちも頑張りましょうか、ナゾルさん」

ルイ様はシャワー担当で魔法をお使いになっていますので、調理はナゾルさんにお手伝いいただきます。

集めた薪《まき》に火を点けてもらい、クッキング開始です。

まずはスノーラビットのお肉をぶつ切りにします。

それを鍋に放り込んで、唐辛子のようなものをみじん切りにしたものと、同じくみじん切りにした香味野菜らしきもの、調味料を数種入れて手もみします。

下味が付くまでしばらく置いてから、火にかけて炒《いた》めます。

香ばしい香りがしてきたら、旅の途中に採集した野草を適当に切って放り込み、また炒《いた》めます。

充分焼き色がついたところでまたナゾルさんに魔法をお願いして、ひたひたになる程度に水を入れて煮込み、塩胡椒《こしょう》で味を整えればチゲ風スープのでき上がりです。

「もう少しお肉料理が欲しいですね」

火属性を付加したジェミニで残りのお肉をたたきにし、調味料をいくつか調合したタレをかければ、カルパッチョのようになりました。

後はローレア国で購入した野菜を使ったサラダとパンがあれば充分でしょう。

ワインが欲しくなるメニューですが、ワガママは言えません。

皆様のお口に合うか心配でしたが、杞憂《きゆう》でした。

取り合うように召し上がってくださっています。よかった。

「辛いっ！　でもそれがいい！」

「レオンさん、俺のを取らないでくれ！」

夢中で食べるレオンとスレイン様の横で、ミリアお姉様もいつになく食欲旺盛《おうせい》です。

「こんなに……こんなにわたくしにお肉を食べさせて、太ったらどうしてくれるの⁉　でもやめられない‼」

久しぶりに奴隷らしいお仕事でお役に立てて、何よりです。

食の細いルイ様は、一口一口味わいながら召し上がっています。

「スノーラビットの肉なんて焼くだけかとばかり……」

「ルイ様の今のお言葉で、これまでの皆様の食事情を少し把握できました」

きっとこれまでは、焼いただけの肉、切っただけの野草を召し上がってきたのでしょう。よく健康を保てましたね。

「下手な料理屋にはもう行けなくなるな。ユウの飯の方がずっと美味《うま》い」

「言い過ぎですよ。でもまぁ、愛情込めてますからね」

と言った途端、自分の失敗に気づきました。

レオンの無駄に綺麗な瞳が、無駄にキラキラしてる。

「皆様に！　皆様への！　愛情ですから！」

そして臭い台詞《せりふ》言っちゃった自分乙《おつ》。恥ずかしいです。穴を掘って入って埋められたいです。


無事に夕食が済み、就寝の時間です。

馬車が比較的大きいため、寝袋を持ち込んで車内で寝ます。

私だけ夕食の後片付けをしていたので、すでに皆様はお休みになっています。

しかし、寝床に向かうとレオンが起きて私を待っていてくださいました。

本来ならば寝袋は一人一つずつなのですが、無理矢理レオンの寝袋に押し込まれます。ちょ、さすがに無理があるのでは。

「レ、レオン？　近いですよ？　というか、寝袋くらいは別でもよろしいのでは？」

「一緒に寝るのは許可されているはずだが」

色々と思うところはありますが、何せ私も今日は初めて人に剣を振るい、心が疲れています。

レオンの温もりに癒《いや》されたかったのかもしれません。

大人しくレオンの寝袋に収まることにしました。

「おやすみなさい、レオン」

もちろん、そんな姿を見た皆様に朝から「破廉恥《はれんち》だ！」「ずるい！」などと怒られたのは言うまでもありません。

朝日が昇るのとともに起床し、各々《おのおの》身支度を整えたら早速《さっそく》出発します。

移動している間に、これから向かうシン国の情報を皆様に教えていただきました。

「国王が魔人と契約したらしいですね」

魔族と契約を結んで利益を得ようとする人間は、少なからず存在するようです。私は運よく優しい魔人さんと契約できましたが、中には詐欺《さぎ》同様の手口で契約者を謀《たばか》る魔人もいるとか。私とナゾルさんの契約は、まぁ偶然の産物でしたが。

ルイ様が頷《うなず》きながら、この世界のことに詳しくない私に向けて説明してくださいました。

「シン国は独自の神を信仰する国なんですが、そのためか国民は国王より神を重んじる傾向が強く、それが気に入らなかった国王は力を得るために魔人と契約したようです。しかし、相手が悪かったみたいですね」

それを聞いていたミリアお姉様は呆れきっていらっしゃいます。

「まぁ、契約する時に人間を騙《だま》すのは、魔人の常套《じょうとう》手段だけれど。国王様もバカなことをしたものだわ」

どうやら力を与えてやると口頭でお約束したものの、正式な契約内容である、「代わりに国をもらう」というのは伝えていなかったようです。

やっぱり契約内容の確認は大事ですね。ナゾルさんが優しい魔人さんでよかった。

ジェミニを撫《な》でると、ナゾルさんの声が聞こえてきます。

『その魔人の話は聞いたことがあるな。確か、名をツェインと言ったか』

「ナゾルさんご存知なのですか？　ちょっと待ってください、魔力を使っていいので皆様にも聞こえるようにしてください！」

面倒そうにナゾルさんには溜息を吐《つ》かれてしまいましたが、鞘《さや》から刃を覗《のぞ》かせると皆様に聞こえるお声でお話ししてくださいました。

「魔人の名はツェイン。直接会ったことはないが、小賢《こざか》しいばかりの小物よ」

「どんな魔法を使うかはわからないの？」

ミリアお姉様の質問にもナゾルさんが嫌がらずに答えてくださいます。

「何かを操《あやつ》ることができるとは聞いたことがあるが。後は、奇抜《きばつ》な恰好をしているとか」

それを聞いたルイ様もジェミニ（ナゾルさん？）にお顔を近づけて質問します。

「それは、幻術のようなものでしょうか？」

「さぁな、我もそこまでは知らぬ。少なくとも我の足元にも及ばぬ輩《やから》、我を殺した貴様らならば相手にもならんだろうよ」

そう言ったきり、ナゾルさんは黙って鞘《さや》に収まってしまいました。これ以上言うべきことは無い、ということなのでしょう。

レオンが眉根を寄せて呟《つぶや》きます。おお、勇者様っぽい。

「小物とはいえ、魔人には違いない。シン国の国民が無事だといいのだが」

＊＊＊

……目を疑いました。

煌《きら》びやかな装飾の門には、門番さんすらいません。開放的過ぎです。

馬車から降りて門をくぐると、そこには新宿歌舞伎町《しんじゅくかぶきちょう》を思い出させるような、様々な色と音の溢《あふ》れる光景が広がっていました。

「……もっと荒廃したものを想像していました」

「俺もだ」

けばけばしい街の様子に加え、女性の服装がとにかく派手なのです。

まるで花を売る方々のような露出度なのですが、よろしいのでしょうか、これ。

「ある意味では荒れてるわよね。シン国は本来、神事に長《た》けた、厳粛《げんしゅく》な国だったはずよ」

「完全に歓楽街になってやがるな」

ミリアお姉様とスレイン様も、何とも形容しがたい複雑な表情で周囲を眺めています。

すれ違う女性はこれ見よがしに殿方に媚《こび》を売り、さぁ私を買えとばかりに誘惑しています。まるで遊郭《ゆうかく》のようで目の毒です。

「それにしても、男性の姿がほとんどありませんね。前の戦争があったにしても、少な過ぎます」

ルイ様のおっしゃる通り、女性の姿ばかりが目立っていてほとんど男性が見当たりません。男性がいたとしても、お年寄りばかりです。

ご自身を売るにしても買い手がいないのでは？　と思っちゃうくらいです。それとも、旅の冒険者をお相手にしているのでしょうか。

「ツェインさんという魔人は、何をしたのでしょう？」

「城に行き、直接魔人と会うしかないな」

その言葉に頷《うなず》こうとしたのですが、先程からもの凄く頭が痛いのです。

気づくと、強い香の匂いがそこら中に漂っていて、クラクラしてきます。

皆様は大丈夫なのでしょうか？　と心配になって周りを見回すと、スレイン様も酷《ひど》い顔色です。

「なんだかくっせぇ国だな。鼻が曲がっちまう」

スレイン様の言葉に、他のお三方はきょとんとしています。

「匂い？　わたくしにはわからないけれど」

どうやらこの香の匂いにあてられているのは私とスレイン様だけみたいです。

ということは、魔力が弱い者にとってはただの香ではないということになります。

急いでハンカチをスレイン様に渡します。

「スレイン様、ハンカチでお口元を押さえてくださいませ。この匂いはあまり吸わない方がいい気がいたします」

自《みず》らも同じように口元を押さえます。しかし、気分は悪くなる一方です。

「ユウ、ユウ!?　しっかりしろ！」

「スレイン殿、どうしました!?」

レオンとルイ様の声が頭に響きます。大きな声を出さないでください……

魔力切れのように頭がぐるぐるするので、ナゾルさんに魔力を吸われているのかな、と思わずジエミニに触れました。

ナゾルさんの声が頭に響いてきます。頭が痛い。

『貴様、何をしておる!?　やめよ！　我を手放してはならぬ!!』

ナゾルさんの声が、どんどん遠ざかっていきます。なんですか？　よく聞こえません。

「スレイン、何をしているの!?　ちょっと!!」

お姉様、と声を出すことは叶わず、私は意識を手放しました。


「……あれ？」

「起きたか？　ユウさん」

気がつけば、見知らぬ場所に私とスレイン様しかおりません。

「これはどういうことでしょう？」

私とスレイン様は、下着だけの姿で壁に縛りつけられていました。

辺りを見回しても、けばけばしい内装の広い部屋であるということ以外、わかりません。どこだここ。

私達を縛っている縄《なわ》は特殊な魔法具なのか、スレイン様がいくら力を入れても千切《ちぎ》れません。

私も魔力で身体強化しようと試《こころ》みたところ、さらなる異変に気づきました。あらら。

「……スレイン様、魔法が使えません」

「何⁉　それってやべぇことになってんじゃねぇか？」

しばらく二人でやべぇやべぇ、ともがいていると、扉の方から人の気配が。

「目が覚めたかしらん？」

声の主を見ると、白塗りの顔に真っ赤な口紅、オカメさんみたいなチークと点だけの眉。
ケ、ケバい。というかなんというか。
「通りすがりのピエロさんですか？　申し訳ありませんが、縄《なわ》を解いていただけませんか？」

「誰がピエロよ！　魔人ツェインに向かって失礼な女ね‼」

「貴方がツェインさんでしたか。これは大変失礼いたしました」

ツェインさんと私のやりとりを、スレイン様は唖然《あぜん》として見ていらっしゃいます。なにゆえ。

「……あんた本当に度胸あるよな」

「魔人さんとお会いするのは初めてなので、どんなお姿なのかは存じ上げませんでした」

スレイン様とこそこそお話ししていると、ツェインさんが睨《にら》みつけてきました。怖いじゃなくてキモイ。

「アタシを無視するんじゃないわよ！」

口調こそ女性のそれですが、声は低い男性のものです。

「普通は縛られた状態で魔人が目の前にいたら、無様《ぶざま》に命乞いするものよ」

ツェインさんは勝ち誇ったようにそうおっしゃっていますが、命乞いなんてまっぴらごめんなさいです。平気ではなくても平気な顔くらいはしておかなければ、悔しいですからね。

「服はなぜ脱がされているのですか？　寒いのですが」

「ただの趣味よ。無防備な男の姿って素敵じゃない？　アンタはついで。それに、その方が勇者も動揺するでしょ」

「悪趣味ですね」

やはり狙《ねら》いはレオンでしたか。舐めるような視線が気持ち悪いです。

このままではツェインさんの好き勝手にされてしまいそうですね。せめてスレイン様の貞操をお守りするために、極力こちらに注意を引くことにします。

私は息を大きく吸って、一気に言葉を吐き出します。

「殿方のくせに殿方の服を脱がせるなんて、気持ちの悪い魔人もいたものです。ただでさえ気持ち悪い化粧に吐き気を覚えるというのに、どこまで人を吐かせたいのですか？」

同性愛を否定するつもりは全くありませんが、ここは作戦のため暴言をお許し願いたく存じます。

「誰が……なんですって……？」

「趣味だけでなく耳も悪いのですか？　殿方の下着姿を好きこのむ気持ちの悪い魔人だと申し上げているのですよ。そのご趣味は同族の方はご存知なのですか？　誇り高き魔族の方々が貴方のような気持ちの悪い存在を許すとは思えないのですが。あぁ、だから人間の国を奪ったのですか？　魔族の中には居場所が無いのですね、お気の毒に。とはいえ、こんなに大っぴらに、化粧のセンスが無いだけでなく下着姿の殿方を縛りつけるのが好きな変態だとアピールするのは如何《いかが》なもんでしょう。それとも、それも含めてプレイの一環としてお楽しみなのでしょうか？　さらに吐き気を覚えますが。まぁツェインさんのご趣味なら仕方ありませんよね。気持ち悪いことこの上ないですが」

とりあえず、レオンの喜びそうな言葉を羅列《られつ》してみました。

スレイン様は真っ青なお顔で口をパクパクしていますが、大丈夫ですよ作戦です。

……上手くいけば、ですが。

ツェインさんを見ると、顔を真っ赤にして震えていらっしゃいます。

「アタシにそんな趣味あるわけがないでしょっ!!」

怒ったツェインさんはスレイン様を縄ごと壁から離し、ドアの近くに放り投げました。

うん、上手くいきましたね。とりあえず標的は私に絞られたようです。

しかし、ツェインさんの怒りの影響か、火属性の魔法が私に降りかかり、お腹《なか》に火傷《やけど》ができてしまいました。超痛い。すげー痛い。生身で魔法攻撃当てられるの、結構ダメージあるな。

「こ、言葉遣いからも、殿方がお好きなのだとばかり。魔族の殿方からはさぞ忌《い》み嫌われたでしょうね。お可哀想に」

お腹《なか》の火傷《やけど》は痛いですが、でも顔には出しません。絶対出してやるもんか、です。

にっこにこの余裕しゃくしゃくです。

「何がおかしいのよ」

「別に、拘束された奴隷相手にムキになってる魔人さんってレアだなぁとか思ってないですよ」

「思ってるんじゃない！」

言ったそばからムキになってますね。今度は雷属性と思われる魔法が肩に直撃です。声を出さなかった自分に拍手喝采《かっさい》をしてあげたい。

嫁入り前の女性にこんなに火傷《やけど》作りやがって、責任重大ですよ。あーもう本当に痛い。けど絶対顔になんか出さないですよ。

レオン達が到着するまで時間稼ぎしないとですからね。

ツェインさんが私の目の前に来て、にやりと笑いました。不気味とおりこして、不快だわ。

「……アタシが好きなのは、アンタみたいな気の強い美人が絶望に顔を歪《ゆが》めるのを見ることよ」

それはそれで悪趣味極まりないご趣味ですね。

「残念ですが、私は絶望とは無縁なのです」

ツェインさんがさらに攻撃を仕掛けようとした次の瞬間、部屋の入り口が爆発しました。

ギョッとしているツェインさんに向かって、私は全力のドヤ顔で言い放ちます。ドヤァ。

「私が仕えているのは、勇者様なので」

どうやら、やっと皆様が到着されたようです。

「ユウ！　今助けるわ！」

「ユウ殿になんということを……!!」

「ユウの肌に……あんなにも……傷だと……!?　殺す殺す殺す殺す殺す殺す殺す……!!」

皆様、私のご心配をしてくださるのは嬉しいのですが、入り口付近で爆発の影響を受けたスレイン様をお忘れではないですか。

「縄《なわ》、俺の縄《なわ》解いてくれって！」

……とにかくスレイン様がご無事で何よりです。

何とかルイ様に魔法具を解いてもらえたスレイン様。部屋の隅《すみ》に衣類があるので早く服を着ましょうね。

とりあえずスレイン様の安全は確保できましたので、私も一安心です。

自身は相変わらずあられもない姿で、ツェインさんを前に縛られたままですが、危機感はありません。痛いけど！　体中めっちゃ痛いけど！

……そんなこと言ってられないくらいに、勇者らしからぬ殺気を放っているレオンが心配ですね。

纏《まと》っている空気が黒い。それ魔王サイドのやつ。

ルイ様がジェミニを持ってきてくださったので、心強いです。ナゾルさんが鞘《さや》から顔を覗《のぞ》かせているのが見えるので、どうやら魔力を使っているようです。

あの、あまり魔力を使わないでください。自己治癒能力を強化したいので残しておいてください。

隣にいたツェインさんが、突然私を羽交《はが》い締《じ》めにしました。背中痛い。

「ち、近寄らないでちょうだい！　この女がどうなってもいいの!?」

「……ユウを拐《かどわ》かすだけでなくそのような姿にさせて、生きていられると思うなよ」

レオンの周りの空気がさらにどす黒くなっているのは気のせいではないですね。

散々痛めつけた私を盾《たて》にするのは、レオン相手に一番やってはならないのですよ。

「動いたらこの女を殺すわよ!?」

レオンが一瞬たじろぐのが見えたので、仕方なく私は叫ぶことにします。仕方なくです。

「何をちんたらやってるんですか、さっさとやっちゃってくださいレオン。魔法具のせいで私は動けないのです。このままではレオンを殴ることも蹴ることもできませんよ」

それを聞いたレオンは、キリリとした勇者の顔つきになりました。いや、勇者っぽさは無いかな。

どちらかといったら悪いお顔だな。

「ユウを離せ化け物ぉぉぉ!!」

おぉ、さすが勇者様ですね。動機がおかしいことには目を瞑《つむ》ってあげましょう。

目にも留まらぬ速さでツェインさんに詰め寄り、一瞬で左腕を切り落としてしまいました。

私は、レオンに抱えられて皆様のもとに戻ります。すると、ようやく腕を切られたことに気付いたツェインさんがもがき苦しんでいらっしゃるのが見えました。

「ありがとうございます、レオン。ついでにこの魔法具も切ってくれますか？」

「回復魔法が先だ、ミリア！」

「もうやってるわよ！」

涙目のミリアお姉様の手から光が放たれ、やんわりと温かい空気を感じると共に、痛みが消えていきます。ごめんなさいとありがとう、どっちが正解かなぁ。

何にせよ光魔法ってやっぱり凄い。

「すまねぇ、俺が不甲斐無《ふがいな》いばかりにユウさんに怪我《けが》をさせちまった」

スレイン様がぐったりした様子で謝ってくださいました。スレイン様は全く悪くないのに、レオンはゴミクズでも見るかのような視線をスレイン様に向けて、追い討ちをかけるように言うのです。

「その件に関しては後で顔を貸してもらうからな、スレイン」

こらこら待て待て。

「ダメですよレオン。私の独断で勝手をしただけです。スレイン様にその殺気を向けないでください」

主人とそれに類する方々をお守りするのも奴隷のお仕事なのですから。

……結果的に余計なご心配をさせてしまったことは深くお詫びいたします。本当にごめんなさい。

「もう大丈夫です、お姉様。ありがとうございます。ルイ様も、ジェミニをありがとうございます」

縄を解いてくださったルイ様から受け取ったジェミニは、ナゾルさんの怒りに反応しているのかいつもより多めに魔力を吸い取ってきます。

ナゾルさん落ち着いて。同じ魔人としてアレは許せないかもしれませんが、とりあえず落ち着いて。

「それに、まだツェインさんはご健在ですよ」

魔人の特性として、核となる角《つの》か心臓を抉《えぐ》り取らない限り再生し続けるそうです。

切り取られた左腕もすっかり元通りですね。

すると、ナゾルさんの怒りに満ちた声が部屋に響きました。勝手に皆様に聞こえるようにしていますね。

「我にやらせよ。あのような気色の悪い魔人が存在するなど許せぬ。ましてや我の契約者に手を出そうなど以《もっ》ての外《ほか》」

ナゾルさんはやる気満々ですが、怒りに震えているレオンが黙ってやらせるわけがありません。

「ナゾルは控えていろ。ユウを傷つけたこと、俺が後悔させてやる」

皆様が再びツェインさんに向き直ると、すでに元の姿に戻ったツェインさんが戦闘モードに入ってらっしゃいます。

「奴隷ごときが生意気なのよぉぉぉ！！！」

あれ、腕を切ったのはレオンなのに、なんで私が怒られてるんだろう。


皆様がツェインさんをフルボッコにしている間に、私は魔法具をジェミニで焼き壊します。ナゾルさん激おこですね。火力高過ぎですよ。

満身創痍《まんしんそうい》なツェインさんに視線を移すと、酷《ひど》いことになってますね。

辛《かろ》うじて生きてはいますが、ミリアお姉様の矢があちこちに刺さっていますし、再生した瞬間からルイ様が攻撃魔法を、レオンとスレイン様からは剣撃《けんげき》を受けています。

いくら再生するとはいえ、痛みは伴いますからね。さすがにツェインさんもつらそうです。私も仕返ししたかったけど、ちょっともうあれには参加できない。私でも同情するレベル。

「さっさとトドメを刺しなさいよぉ……」

「簡単に死ねると思うなよ」

レオンが聖剣でツェインさんの手や口をグリグリしてます。聖剣の使い方間違ってますよ。

でもヤンデレ発動したレオンの止め方は私にもわかりません。諦《あきら》めましょう。

もちろん、レオン達もただ拷問していただけではありません。

街で見かけなかった男性達はどこなのか、国王様はどうなっているのか、国中に焚《た》かれた香は何なのか、ちゃんと聞き出していました。

国王様も男性達も城の牢に閉じ込められているそうです。生きててよかった。

国中に焚《た》かれていた香は人々を操《あやつ》る効果のあるものだったようです。やはり魔力の低い私やスレイン様は操《あやつ》られていたのですね。

記憶にはありませんが、ジェミニを手放した私をスレイン様が抱えて走り去ってしまったそうです。

話を聞き出した後、レオンが角《つの》を確保したので、戦闘終了。

ルイ様とスレイン様が立ち上がって、満足そうに微笑みます。

「僕達は国王始め男性達を解放してきますね」

二人をお見送りしていると、レオンが恐ろしく真面目な顔で私に視線を寄越《よこ》してきます。

「怪我《けが》だらけのユウを見た瞬間、心臓が凍りつくかと思ったぞ」

「ご心配をおかけして申し訳ありませんでした」

レオンは私を抱きしめようとして、やめました。

それが賢明です。

ツェインさんの返り血を浴びたレオンに、触られたくはありません。

でも、そのお気持ちはありがたく受け取らせていただきますね。

無事救出された国王様は、ルイ様にこってり絞られたそうです。

魔人と簡単に契約などしてはならない、と。

うっかり契約している私は何も言えませんが、契約内容の確認は大事ですね。

反省した国王様は皆様に大変感謝しているようでした。

「今宵《こよい》はゆるりとしていってほしい」

しゅんとした国王様のお言葉に甘えて、お城にお泊まりです。

お城ですよお城！　初体験です！

しかし、すっかり様変《さまが》わりしてしまった国を戻すのは大変そうです。国の復興が国王様の当面のお仕事ですね。

とりあえず、今日は疲れたのでゆっくり休みたいです。

城内の割り当てられたお部屋に向かう途中も、期待で胸が膨《ふく》らみます。が、すぐに萎《しぼ》むことになりました。

……まるでラブホテルじゃないですか。

部屋の扉を開けると、原色の壁に、玩具《おもちゃ》のようなシャンデリア。

休まるどころか疲れてしまいます。目がチカチカする。

「これでもマシなお部屋とは、お城を元通りにするだけでも大変そうですね」

がっかりな私とは真逆に、レオンは気にしていないどころか少し楽しそうにすら見えます。何で。

「そういえば、ユウ？」

「何ですか？」

「意外と胸があるのだな」

ぱしん、と乾いた音が部屋に響きます。

思わず頬を叩いてしまいましたが、もうこれが助けていただいたご褒美ということでよろしいでしょうか。

……その恍惚《こうこつ》としたお顔はやめてください。

＊　＊　＊

復興のお手伝いのため、しばらくシン国に滞在することが決まりました。

先もあるので長居はできませんが、城内だけでもアレなのですから街まで元に直すのにどれだけの労力と時間がかかることやら。

とりあえず、洗脳から解かれた国民の皆様とまずはお片付けから始めてみたのですが――

街中《まちじゅう》に、卑猥《ひわい》な道具が溢《あふ》れていました。こういうものは、前の世界でもこの世界でも同じようなものなんでしょうか。でも皆様使い方は知らないみたいだからなぁ。使い方がわかってしまう汚れた自分が悲しい。

未知の物体に興味津々《きょうみしんしん》な皆様には申し訳ありませんが、逐一《ちくいち》説明などしてはいられませんので全てゴミとさせていただきます。

「これはなんでしょうか」

ルイ様が玩具《おもちゃ》をしげしげと見ていらっしゃいます。ガン見しちゃいけないやつです。

「ゴミです」

「……こちらはなん――」

「ゴミです」

「……承知しました」

そんなやりとりを繰り返していると、レオンが数メートル先で私を呼んでいます。

「ユウ！　これはゴミではないぞ！」

国民の皆様の視線が辛いので、鞭《むち》を掲げて嬉しそうに走ってくるのはやめましょう。ゴミだわ。

……使いませんよ。

使いませんってば。

何で捨ててないんですかもう!!

シン国は独自の神様を祀《まつ》っているとお聞きしています。

創造主たる女神を崇《あが》めるこの世界では、異質な国とも言えるでしょう。

その独自の神様を祀《まつ》っているというお社《やしろ》に一人でやってきました。

今日の私のお仕事はお社《やしろ》のお掃除です。他の皆様にはそれぞれ専門のお仕事がありますので、単身でのお仕事となります。

お社《やしろ》に続く道を歩いていると、なんと鳥居を見つけました。

「これ、神社じゃないですか！」

鳥居をくぐると、宮造りの建物と注連縄《しめなわ》や賽銭箱《さいせんばこ》まであります。

どう見ても、前の世界の神社と似過ぎです。

「じんじゃ？」

振り向くと、巫女《みこ》さんの恰好をされている女性がいます。

神社に巫女《みこ》さんとは、忘れかけていた前の世界を思い出させる国ですね、シン国は。

私は巫女《みこ》さんにご挨拶《あいさつ》し、お掃除にやってきたことを伝えました。

「ここではどのような神様を祀《まつ》っていらっしゃるのでしょうか？」

「尾が九つある、大きな狐のような神様だと伝承にはあります」

「九尾《きゅうび》の狐、ですか」

前の世界では、九尾《きゅうび》の狐というと神様というよりは妖怪の類《たぐい》だった気もしますが、狐は神様の御《み》使《つかい》とも記憶しています。

つまりこのお社《やしろ》は稲荷《いなり》神社に近いのでしょうか。

ツェインさんもお社《やしろ》には近づけなかったのか、奇抜《きばつ》な改築はされていませんでしたが、同時に手入れもされておらず埃《ほこり》や雑草で少しだけ寂《さび》れてしまっていました。

「雑草を刈る前に、お参りしてもよろしいでしょうか？」

二礼二拍手一礼で合っているのかはわかりませんが、それでお許し願います。

『お邪魔いたします』

手を合わせながら、これからお社《やしろ》に手を入れることをお許しくださいと神様にお伝えして、一礼で終えます。

巫女《みこ》さんにはきょとんとされましたが。

「そこまで丁寧に拝礼される方を、神に仕える方以外で初めて見ました」

「そ、そうだったのですか」

国民の皆様は拝礼することはあっても手を合わせてお願い事をする程度だとか。なんだか信心深い人になった気分ですね。


お借りした鎌《かま》で雑草を刈っていると、不思議な声が聞こえてきました。

どこからでしょう？　と見渡しても周囲には誰もいません。

『ここじゃよここ』

ここではわかりませんどこですか。

『目の前に祠《ほこら》があるじゃろ。そこじゃ』

「祠《ほこら》ですか？」

雑草をかき分けてみると、そこには小さな祠《ほこら》がありました。

祠《ほこら》が話すなどありえませんが、ありえないことが起こるのがこの世界です。

祠《ほこら》の中には小さな狐の石像がありました。

「貴方でしょうか？」

『そうじゃ。さっき巫女《みこ》が話しておったじゃろ。狐の神様じゃよ』

「これは失礼いたしました。てっきりあちらのお社《やしろ》にいらっしゃるものとばかり」

主《あるじ》不在のお社《やしろ》に礼拝してたのか。

『あれは立派過ぎて落ち着かぬ。せっかく建ててもらったのに悪いが、こちらの方が落ち着くでな』

しばし鎌《かま》を置いて、祠《ほこら》の前に正座です。

お相手は神様のようですから、ながら話をしては失礼ですからね。

「私に何かご用でしょうか」

『儂《わし》の声に何の疑問も持たぬのじゃな。まぁ魔人と契約している異世界の者なら当然か』

「私のことをご存知なのですね。一応、ナゾルさんには鳥居の外でお待ちいただいているのですが」

人間が祀《まつ》る神様の敷地内に魔人の魂《たましい》を持ち込むのは如何《いかが》なものかと思い、ナゾルさんには遠慮していただいたのです。

『ほほ、別に魔人が入ろうと気にはせんよ。特にお主と契約しておる魔人は悪いモノではなさそうじゃしな』

「はい、ナゾルさんはお優しい魔人さんですよ」

他でもない神様から許可をいただいたのですから、ナゾルさんもお連れしたいですね。

ジェミニで草刈りしたら仕事が早く終わって便利そうなんだけどな、などと思案していると、唐突に神様から爆弾発言が。

『掃除の礼に、お主がなぜこちら側に来たのか教えてやろうか？』

「……ご存知なのですか？」

『儂《わし》もお主と同じ世界におったでな』

お話を聞くと、シン国初代の国王様がこの神様を呼び出して契約し、神様の望む形のお社《やしろ》を建てたとか。

『さてさっきの件だが、知りたいかね？』

「いえ、特には」

知ったところで今更です。即答で拒否です。

私が勇者様の奴隷であることは変わらないですし。

『あっさりとしたもんじゃな。普通は教えろと言うもんじゃろうが』

「ご親切痛み入りますが、お話を伺《うかが》ってもそうでなくとも先が変わるとは思えません。ならば聞かずにいた方が比較的健全な旅になると思うのです」

『儂《わし》の話を聞けばサプライズもあるぞ？』

「余計に聞きたくなくなりました」

サプライズなんてこれまでにお腹《なか》いっぱいいただきました。もう沢山《たくさん》です。

「神様のお声を聞けただけでもありがたいことです。もうそれだけでも大変なことですから」

『元の世界に戻れる方法を教える、と言っても聞かぬか？』

「……はい、聞きません」

それが神様の伝家《でんか》の宝刀《ほうとう》だったのですね。拒否しかしない私相手にムキになっていらっしゃるようですが、それって神様としてどうなの。

でも私はもう元の世界に戻るつもりはないのですよ。

『奴隷から解放される上に、元の世界に戻れるのじゃぞ？』

「私にはお仕事がまだ沢山《たくさん》残っていますので。帰ったところで居場所はありません。理不尽にも奴隷となりましたが、今はこの生活が嫌ではないのですよ」

私がそう言うと、神様は諦《あきら》めたような呆れたような声でおっしゃいます。

『律儀なのか何なのか、よくわからぬ女子《おなご》じゃの。まぁいい。気が変わればいつでもここへ来るがいい』

「ありがとうございます」

『あとな、巫女《みこ》に伝えてくれ。いくら好物とはいえ毎日油揚げでは困るとな。普通の飯も食いたいと言っておったと』

「承知いたしました」

私は祠《ほこら》に一礼し、立ち上がります。作業に戻らせていただきますね。


一通りお掃除が終わったので、お城に戻って皆様を待つことにします。

「腰が痛い……」

長時間、中腰で作業していたからか、腰が酷《ひど》く痛いです。

やはりジェミニを使っておけばよかった、なんて後悔先に立たずなのです。

「それにしても、元の世界に戻れる、ね」

たかが奴隷の私が無属性魔法という希少な属性を持ち、魔人と契約してる、なんて。

今や正規ルートとは思えない出世です。できれば普通に地味に生きていたかったです。

「でも、ちょっと楽しいと思ってることは否定できないな」

神様に向かってあんなにきっぱりお断りしたことには、自分でも少しびっくりですけどね。

＊＊＊

やっと、やっとのことでシン国内のゴミの廃棄処分が終わりました。

結局シン国には一週間近く滞在してしまいましたよ。

今日はお城で、呑めや歌えやの大騒ぎです。

「君達のおかげで復興が大いに進んだ。壮行会くらいはやらせてくれ」

という国王様のお言葉により開かれた、壮行会とは名ばかりの宴会です。

すっかりお城が綺麗になったのですから、国王様がご機嫌になるのも当然ですね。

勇者様御一行はスレイン様以外お酒に弱いので、呑み過ぎ注意ですよ。

楽しそうにエールを呑むレオンに、釘を刺しておかなければ。

「レオン、エールは二杯までです」

「わ、わかっている。俺だって学習するんだ」

学習機能があるのでしたら、お酒以外にもご活用していただきたいものですが。

なんて、叶わなそうな夢を見ていたところに、ルイ様が近寄ってきて絡んできました。

「レオン殿に学習機能があったら、僕もここまで苦労しないんですけどね」

「ルイ様はもうお酔いになってますね？」

エール一杯で酔えるエコなルイ様です、止めようがありません。でもレオンへの当たりが多少きつくなるだけなので基本的には無害です。

存分にどうぞ！　なのです。

「ユウ！　この果実酒甘くて美味《おい》しいわぁ。ユウも呑みましょう？」

「ありがとうございます、ミリアお姉様」

蕩《とろ》けた瞳は色気を隠そうともしていません。

溢《あふ》れんばかりのお色気にあてられちゃった兵士さん達が気の毒です。ド、ドンマイ。

私はミリアお姉様からいただいた果実酒の香りを嗅いでみました。

「梅酒、なのかな？　どうもこの国は日本を思い出すものが多い気がしますね」

食卓には、まるで点心《てんしん》のようなものが並んでいます。日本の料理というよりは中華料理に近いかもしれません。

私が食卓をしげしげと眺めていると、スレイン様が声をかけてくださいました。りょ、両手にお肉って、どれだけワイルドなの!!

「どうかしたかい？　食いもんも食ってるか？」

「あ、スレイン様。いただいていますよ。あー、でもそろそろレオンが危ないのでお先に失礼してお部屋に戻りますね」

またスレイン様に運んでいただくのは申し訳ありません。

それに、勇者様の失態をこの国の方々にお見せするわけにもいきませんしね。

潰《つぶ》れる前に撤退です！


「ふぅ。偉い人ばかりいる場は疲れますね」

宴会場からレオンを引っ張り出し、部屋に戻ってきました。

国王様や大臣様方と並んでお食事したので、緊張して疲れてしまいました。

レオンはほろ酔いでご機嫌のようです。

「呑み足りないのではないのか？」

「まぁ、国王様の御前で奴隷が一番呑んだりしたら問題ですからね」

私がそう言うと、レオンはにやりと笑い、背後に隠し持っていた瓶《びん》を掲げました。

「そんなユウに朗報だ！　くすねてきた酒があるのだ！」

「い、いただいてきたのですよね？　そうですよね？」

勇者様が盗人《ぬすっと》なわけがありませんので、私の聞き間違いに決まっています。ありがたくいただきましょう。

部屋にあったグラスに、琥珀色《こはくいろ》の液体を注《つ》いで、乾杯します。

「ぶほっ！　つ、強いなこれは！」

「ウイスキーみたいですね。ストレートではレオンには強過ぎますよ。水割りにしてみましょうか」

この世界にもウイスキーがあるのですね、感激です。

私はロックのままで、レオンは薄い水割りにしましょうね。

「変わった匂いだな。面白い味だ」

「ウイスキーは初めてですか？　私の好きなお酒なんです」

レオンの頬が赤くなっています。エール数杯で酔えるレオンですから、もう酔ってらっしゃるのでしょう。

「程々にしてくださいね。私ではレオンをベッドに運べませんよ」

「床にでも転がしておけばいい」

「ここまで来て成長リセットするのはやめましょう」

ベッドで寝るところまでやっと来たのです。振り出しに戻られては困ります。

レオンはグラスを傾《かたむ》けると、なぜか不服そうに私の顔をじっと見てきます。

「明日からはまた馬車移動だ。ユウと二人でゆっくりできぬ」

「ゆっくりしてる場合じゃないんですけどね」

さっさと魔王討伐《とうばつ》するのが貴方の任務ですよ。

奴隷とまったりしていてはいけません。

明日から向かうのはマドック国という、獣人《じゅうじん》王の治める国です。

人間の国にもかかわらず、国王様が獣人《じゅうじん》という変わった国だそうですよ。

マドック国で獣人《じゅうじん》の国王様と謁見《えっけん》し、それから獣人《じゅうじん》国へ渡るそうです。

それにしても、獣人《じゅうじん》とは、狼男みたいな方なのでしょうか、それとも獣耳と尻尾《しっぽ》の生えた漫画みたいな方でしょうか。

ローレア国からシン国までは人間の治める領土内のためにすんなり入れましたが、獣人《じゅうじん》国へ渡る際には手形が必要です。そのためマドック国の王様に手形をいただかなければならず、マドック国は経由必須ということです。

「そういえば、マドック国では猫耳カチューシャというものが流行《はや》っているそうだぞ」

期待に満ち満ちたレオンの視線——うぅ、何を考えているのかわかってしまうのが悲しい。

「……付けませんし、付けさせませんよ」

猫耳勇者様はちょっと面白いですが、面白半分で勇者様にそんな恰好をさせるのは憚《はばか》られますね。だ、誰も見ていない所でなら構わないでしょうか。

「はっ！　今、私レオン側に行きそうでした!!」

「いつでも来ればよい。俺が相手になるぞ」

両手広げてウェルカムしてどうする勇者様。

「……そんな機会は無くなりました。抹消《まっしょう》いたしました、ご安心ください」

私も酔っているのでしょうか。

さっさとお風呂に入って寝てしまいましょう。

＊　＊　＊

シン国に伝わる漢方薬をいただいたおかげか、スレイン様の乗り物酔いは大分よくなったようです。

今朝、シン国を後にして馬車に揺られております。

「マドック国も楽しみです」

奴隷にさせられた時にはどうなることかと思っていましたが、すっかり勇者様パーティのメンバー顔で旅をしていますよ。

一応紋章はありますけど、見えない場所に隠れているのでわざわざこちらから奴隷アピールしなければ私の正体はバレません。

ということで、もう多少の開き直りは許されますよね？

隣に座るミリアお姉様が、私の顔を見てニコニコしていらっしゃいます。……嫌な予感。

「猫耳のユウは可愛いでしょうねぇ」

レオンも同意を表明して頷《うなず》いています。それは想定内ですが。

「付けません」

「猫耳ユウに踏まれる……いや、噛みつかれるのも……!!」

「踏みませんし噛みつきません。そもそも付けません」

「ミリア殿、猫耳だけでよいのですか？　尻尾《しっぽ》もセットでないと無意味では？　色はやはり黒？」

「ルイ様まで!?」

なぜそんなに猫耳に拘《こだわ》るのか全くもって謎ですが、とにかく皆様盛り上がっています。

「すまねぇ、本当にすまねぇ」

「スレイン様、諦《あきら》めたらそこで試合が終了してしまいます、諦《あきら》めないで!!」

なんだかこのパーティ、どんどん悪化していっている気がしますが。気のせいでしょうか。

いや、まだ修正ききますよね？　何とかなりますよね何とかしましょうよ。

そんな思いを込めて、私は溜息を吐《つ》きながらジェミニに触れました。

「ナゾルさん……」

『貴様の頭部に、猫の耳か。似合うと思うぞ？　我は白がよいと思うが』

……あぁナゾルさん、貴方もですか。

まともな人がスレイン様しかいない件。

毎日ダンジョンで鍛錬《たんれん》に勤《いそ》しんでいた頃が懐かしいですね、今思えばとても平和な日々でした。

「猫耳……」

レオンがぶつぶつうるさいので、こちらからも提案させていただきましょう。

「しつこいですよ、レオン。……そうですね、皆様がお付けになるのならば、それに倣《なら》いますよ」

勇者様御一行が猫耳とかどんなカオス……ですがさすがにルイ様やスレイン様は抵抗なさるでしょう。

「わかりました。すみません、わかりましたから。猫耳も尻尾《しっぽ》も付けますから。皆様はお外しください」

マドック国に着くと、街中《まちなか》で売られている猫耳カチューシャを皆様が嬉々として買い求めています。

まさか本当に皆様がお付けになると思うわけがないでしょう?

付けやがりましたよ!!

外させましたよ!!

猫耳尻尾《しっぽ》は、奴隷の私だけで充分です。

勇者様御一行が付けてはいけません。

第四章

緊張しています。

マドック国の国王様との謁見《えっけん》が控えているからです。

シン国の国王様ともお会いはしていますが、あの時はちょっと通常の謁見《えっけん》とは異なりましたので。

皆様は正装です。

私も奴隷であることを知らせる必要は無いので、ミリアお姉様チョイスのドレスを着せられています。

フォーマルドレスは初体験なので嬉しいのですが、猫耳、まだ付けてないといけませんか？

マドック国の城内の大広間でしばらく待っていると、国王様がいらっしゃいました。

獣人《じゅうじん》の国王様なんてどんな方だろうと緊張していましたが、なんと女王様でした。お美しい。

レオンの大好物の女王様ですよ。

女王様は一通り形式的な挨拶《あいさつ》をすると、ふと私に目を留められました。

「勇者パーティには獣人《じゅうじん》もおるのか。ならば手形は必要なかろう」

レオンはそれに対して嬉しそうに答えます。

「彼女は人間です。これはカチューシャです」

「ほう。わざわざ付けてくるとはな」

やっぱり猫耳いらなかった!!　もう、女王様に笑われてしまったじゃないですか!!

私が睨《にら》んでいるのも気にせず、レオンは続けます。

「魔王城へ向かうにあたって、獣人《じゅうじん》国を通らなければなりません。国境越えの手形をいただきたく謁見《えっけん》のお時間をいただきました」

「よいよい。好きなだけ持っていけ」

女王様、太っ腹ですね。

いや、お腹《なか》は太くないですよ、スタイル抜群です――スレイン様のようなマッチョ系ですが。

まさかのアマゾネス系女王様でした。

どうやら猫耳カチューシャが流行《はや》っていたのは、女王様の影響のようですね。女王様は猫耳ですから。

見た目は猫というより、百獣《ひゃくじゅう》の王ですけど。目つき怖い。

「ただし……そのカチューシャ娘を置いていく気はないか？　妾《わらわ》が欲しい」

それを聞いて思わず周囲を見渡すと、女王様の側近から召使いさんまで全て女性なのに気づきました。まるで大奥です。そっちの方ですか。

「申し訳ありませんが、彼女は我々にとって大切な仲間です。置いていくことなどできません」

今ほどレオンが神々《こうごう》しく見えたことはありません。

仲間扱いはもちろん嬉しいのですが、ここに置いていかないでください。怖いです女王様！

「つまらんのぉ。ではせめてしばらく城に滞在していけ。さすれば手形をやろう」

そう言われてしまえば、こちらに拒否権はありません。手形無しで強行突破できなくもないですが、それは避けたいです。

「滞在は構いませんが、彼女に触れることはご容赦いただきたい」

レオンがまるで勇者様のようです。あ、勇者様でした。

「触れずとも行為は可能だぞ？」

「何⁉　舐めたりするなど、俺ですら許されていないというのに‼」

……惜しいです。惜しかったですね。

その一言がなければ勇者様として及第点でしたのに。

「ほほう、さては勇者の女か。余計に欲しくなるな」

「やらぬと言っている！」

やるもやらないも、私はレオンの奴隷であってレオンの女ではありません！

「数日、夜の間だけでも妾《わらわ》に寄越《よこ》せば手形をやると言っておるのだ。好条件であろう」

これだけ城内に綺麗どころを侍《はべ》らせておいて、まだ欲しがりますか。

アマゾネス女王様の欲求、満たしておいてくださいませ大奥の皆様。

「夜は俺のものだ。手形など無くとも貴方の同族を脅《おど》して国境越えはできるのだぞ」

「レオン、やめてください。勇者様としてあるまじきお言葉です」

黙っていたかったのですが、さすがにそうもいかないようです。

「女王陛下、魔王討伐《とうばつ》は陛下にとっても有益なことと思われます。それを行《おこな》う勇《ゆう》……レオンとの仲《なか》違《たが》いは不利益にしかなりません。どうかご容赦くださいますようお願いいたします」

私はそう言って、深々と頭を下げてみます。

「私のような者が陛下のお時間を独占するなど恐れ多く存じます。ですが、それで手形をいただけるのならば私のことはご自由にお使いくださいませ」

もう面倒です。相手が女性、というか女王陛下だろうと構いません。

さっさと一晩おつき合いして手形をいただいて出国しましょう、そうしましょう。

「自分の立場は弁《わきま》えております。このような発言の機会をくださるご恩情に感謝の念もございません。……レオン、ハウスです、待てです」

今にも攻撃しそうなレオンに釘を刺しておきます。

ミリアお姉様もルイ様も、その黒い殺気を隠してくださいませ。

私の言葉を黙って聞いていらした女王様が、ふっと笑っておっしゃいました。

「気に入った！　お主を所有したいのは山々だが、それはお主の度胸に免じよう。今宵《こよい》つき合えばお主の要望は叶えようではないか」

なんとかこの場が収まり、ほっといたしました。

元より守るべき貞操など無い私です。好きにしやがれ！　なのです。

……色んな視線が恐ろしい！


日が沈んだ頃に、陛下の侍女さんがお迎えに来てくださったので、案内されるがままについていきます。

レオンはちゃんとお部屋で「待て」できているでしょうか。激しく不安。

通されたお部屋では、ソファにゆったりと体を預けた女王様がワイングラスを傾《かたむ》けていらっしゃいました。あ、猫耳じゃなくてライオン耳だこれ。ふわっふわの襟巻《えりまき》が、まんまライオンだ。

どうやら予想していたような妖《あや》しげな雰囲気ではなく、軽い宴《うたげ》のようです。よかった。

「お酒のおつき合いでしたか」

「お主が望むのならば体のつき合いも吝《やぶさ》かではないぞ」

「お酒だけでお願いいたします」

女王陛下はレオンをからかっていただけのようです。なので、普通にお酒のお相手を務めさせていただきます。

「陛下でしたらお酒のお相手には事欠《ことか》かないでしょうに」

「たまには珍しい相手と呑むのも面白かろうが」

面白さだけで行動しちゃう人が多過ぎませんかね、この世界。

そして、陛下のお呑みになるお酒の量が尋常じゃなかった件。

ワインを樽《たる》単位で呑む方を初めて拝見いたしました。

それにおつき合いしているこちらも大変ですよ、お腹《なか》ちゃぷちゃぷいってます。

「性格に難《なん》ありと言われている勇者を虜《とりこ》にした女とやらにも、興味があったしな」

「……何のお話だかさっぱり」

レオンの性格がアレなのはこの国まで広まっているのでしょうか。

「安心せよ。各国のトップにしか伝わっていない噂だ。魔王討伐《とうばつ》をする勇者のことをわざわざ悪く触れまわる王もおるまいよ」

「少々安心いたしました」

ゆるゆると楽しげに上下する尻尾《しっぽ》は可愛らしいですが、目で人を殺せそうな女王陛下です。

しかしながら、今は女王様の目よりも各国のトップに広まっているらしい噂が怖いですね。

「勇者に取り入ろうとする国王も少なからずおったのだがな。まぁ金にも女にも靡《なび》かぬ、といえば聞こえがよいが」

盗賊退治やクエスト報酬でお財布も潤《うるお》っていますし、金と女という懐柔《かいじゅう》手段が通用する相手ではないでしょう。

だいたい、媚《こ》びます尽くします系の女性に興味の無い人ですからね、レオンは。

「まさか歴代最強とまで言わしめる勇者が、夢に出てきた〝黒の美女〟に懸想《けそう》しているなんてなぁ」

「そうですね。……はい？」

女王様、今何とおっしゃいました？

「しかし、その女が本当に存在したとはな。こんなことを他の国に伝達したところで信じてはもらえんだろうが」

「何ですか、その黒の美女って」

「しらばっくれるなよ。お主のことではないか」

……そんな噂があるのですか。噂は怖いですね、尾鰭《おびれ》も背鰭《せびれ》もついてます。

確かに私のように黒の髪と瞳を持つ存在は、この世界においてはかなり珍しいと承知しております。

ですが、レオンの夢のことなど初耳ですし、私は美女ではありません。言うなれば、黒い髪と目の女、です。

……なんかホラーじみた渾名《あだな》だな。

「私はつい数ヶ月前まではレオンと面識もございませんでした。伴侶《はんりょ》になる気もございませんし、美女など以《もっ》ての外《ほか》ですよ」

私が必死に否定すると、女王様は笑っておっしゃいます。

「謙遜《けんそん》するな。まぁ所詮は噂よ。だがお主の風貌は目立つ。今後おかしなことに利用されぬよう、髪色くらいは変えた方がよかろうな」

「お気遣いありがとうございます」

うっかり新たなレオンの残念逸話《いつわ》を聞いてしまいました。

まさか脳内に恋人がいたとは……。夢に出てきた女性が黒髪だったから、同じ黒髪の私に拘《こだわ》るのかな。

「その美しい髪を隠したくない気持ちはわかるがな。獣人《じゅうじん》は警戒心が強い、気をつけて足りぬことはない」

これまで皆様が何もおっしゃらないので特に注意しませんでしたが、自分の見た日の異端さを再認識してしまいました。

明日は髪を染めるかウィッグを被るか、レオンに相談してみましょう。

「あの勇者の様子では、変装など叶わんだろうがな」

「私もそう思いますが、一応相談はしてみたいと思います」

奴隷紋章だけでなく、黒髪にも固執してそうな勇者様ですからね。

城内の客室に戻ると、レオンは船を漕《こ》ぎながらも待ってくださっていました。

もう深夜です、先にお休みになっていればいいのに。

「ただいま戻りました」

「……ユ、ユウ！　何もされてはいないか？　大丈夫か？」

「一緒にお酒を呑んでお話ししただけですよ」

陛下がご満足するまでおつき合いしましたので、さすがに私も少々酔っています。

体中お酒臭い気がします。

「本当か⁉　もし何かされたのならばあの女を今すぐにでも」

「何もされておりませんから物騒なことをおっしゃるのはやめましょう」

「……わかった」

ご心配してくださるのは嬉しいですが、やはり過保護というか大袈裟です。

一国を治める女王陛下に喧嘩を売るのはやめましょうね。

「陛下から、髪色を変えた方が安全だとご忠告いただきました」

「不要だ。ユウに仇《あだ》なす者は俺が排除するし、ユウももう自分を守れるだけの実力はあるだろう」

「そうおっしゃると思いましたよ」

排除する手間を惜しむ選択肢は無いのでしょうか、無いのでしょうね。

脳内彼女も気になりますが、レオンの脳内がお花畑なのはいつものことです。掘り下げても得しない気がするな、放っておこう。

「とりあえず酔いました。お風呂は明朝にいただきますので、今日はもう寝ましょう」

レオンもさすがに長旅の疲れが出ているようです。馬車移動ではお尻が痛みますし、道中に色々なものを排除しなければなりませんから。

「顔だけ洗って、寝ます」

色々と濃い一日でした。

女王陛下との謁見《えっけん》に始まり、レオンの黒歴史開示まであったのですから疲れて当然です。

……レオン、本当に何もされていませんから、洗面所までついてくるのやめてください。

＊＊＊

さて、困ったことになりました。

手形はいただけるようになりましたよ、それは問題無いのです。

若干二日酔いで頭が痛いですが、これも大した問題では無いのです。

私達が手形をいただくために女王様に再び謁見《えっけん》していると、臣下の方から思いもよらぬことをお聞きしました。

「職業を記載する義務、ですか」

国境を越えるための通行手形ですから、正式に身分を示さないといけないとのことです。

確かに、職業の記載の義務は頷《うなず》けます。

ですが――

「奴隷と記載されるのですか……」

まぁ職業奴隷なんだから当然だけど。でもなぁ。

「勇者が夢に出てきた〝黒の美女〟を本当に見つけただけでなく、奴隷にしたと世間に知らしめることになるなぁ」

女王様が楽しげに笑っていらっしゃいます。さては私が奴隷であることをご存知でしたね？

わざと黙ってましたね？

自分が目立つのも嫌ですが、何よりも、何よりもです！

勇者様、奴隷買ったんだってよ！って世間様に知られたくないのです！

「とりあえず僕が奴隷の刻印を消せば、ユウ殿は冒険者という職業になりますが」

「ならぬ！ルイは消すことはできても、再刻印はできぬのだろう!?」

ムキになるレオン、もう溜息しか出てこない。

「どれだけ刻印に拘《こだわ》るんですか、もう……」

女王陛下はにやにや笑っておられます。そのお顔は大変美しいですが、大変腹立たしい！

「奴隷だとしても、他でもない勇者の奴隷ならば、これほど有用な手形もないよの」

女王陛下はしたり顔でそうおっしゃいますが、何という羞恥《しゅうち》プレイでしょうか。

動揺から諦《あきら》めにシフトチェンジしようとしていたら、手をポンと叩いたスレイン様のお口から素晴らしいご提案が。

「あれ、でも職業に奴隷って書くだけなら、誰の奴隷かなんてわからねぇんじゃねぇか？」

……スレイン様、天才か！

そんなこんながありまして、手形を人数分発行していただきました。

文字として刻まれるというよりは、独特な魔力に反応する札のようなものですね。

発行した人の魔力が込められ、それを国境の番人さんが読み取ることで手形の意味を持つという仕組みです。

「とりあえず、レオンの残念情報を広めずに済みそうで何よりです」

私が安堵《あんど》していると、レオンが心外そうに反論してきました。

「何も残念なことなど無いだろう。ユウはどこに出しても恥ずかしくない奴隷だぞ」

「どこに出しても恥ずかしいのはレオンですよ」

勇者様が奴隷を所有していることが残念なことだと気付いてくれない、そういうところが残念なんですよ。

そういえば、マドック国に来てからナゾルさんがやけに大人しいですね。

女王陛下の御前だからと遠慮するタイプとは思えないのですが。

「ナゾルさん、ナゾルさん。聞こえますか？　どうぞ」

『……その呼び方はどうにかならんものなのか』

剣に封じられているとはいえ、ナゾルさんは一緒に国境越えできるのでしょうか？

門の番人さんは入国する者の魔力を感知できると聞いておりますので、魔人の魔力はお断りだ！と言われたらどうしましょう。

そんな不安がナゾルさんにも伝わってしまったようです、ツーカーですね。

『それを回避すべく、身を潜《ひそ》めていたのではないか。あの女王も魔力感知に長《た》けておるようだしな』

「そうだったのですね」

ナゾルさんがお話しする時にも、僅《わず》かとはいえ私の魔力をお使いになります。

私の魔力がジェミニを経由して、ナゾルさんの魔力に変換されているそうなので、たとえ少しお話しするだけでも、女王様に感知される恐れがあったのだとか。

もし無事に獣人《じゅうじん》国内に入ることができても、国内でばれてしまったら大変です。獣人《じゅうじん》国内ではナゾルさんとの会話どころか魔法付加もお願いできなさそうですね。

『獣は鼻が利《き》く。異変があったら容易《たやす》く気づくだろうよ。貴様もゆめゆめ気をつけよ』

「わかりました、気をつけます。……どうやって気をつけましょう？」

『人前では我に話しかけるな。脳内でも駄目だ。頼み事など以《もっ》ての外《ほか》。可能ならば魔力も使うでない』

身体能力強化もダメだなんて困りますが、ナゾルさんが言うなら仕方ないか。私はしぶしぶ頷《うなず》いておきます。

「めちゃくちゃ足手まといになるコースですね」

『これまでが異常だったのだ。たまには奴隷らしく大人しくしておればよい。我もしばらく眠っていよう』

それきり静かになったナゾルさん。きっと眠ってしまったのでしょう。

獣人国《じゅうじんこく》、もふもふを楽しみにしている場合ではないですね。

これまでも奴隷らしくしていたつもりですが、獣人国《じゅうじんこく》ではより普通の奴隷らしくしていなければ。

先程から獣人国《じゅうじんこく》と一括《ひとくく》りにしていますが、正確には獣人《じゅうじん》領土で、とても広いのです。その領土の中に国がたくさんあります。

国境はその領土に入るための通過点に過ぎません。

無事に領土内に入れてもらえても、その後も複数の国を通ることになります。

魔王城、もっと人間の領土に近い場所に建ててほしかった!!

「が、頑張らなければ」

嫌な予感しかしません。さすがの回避スキルでも回避できない気がします。

＊＊＊

「娘、土産《みやげ》にこれを持っていけ。何の役に立つかはわからんが、とりあえず似合いそうだしな」

ニヤニヤ笑いながら女王様が私の腰に付けてくださったのは、ファーのアクセサリー。また面白味だけが目的な気もしますが、ありがたく頂戴《ちょうだい》いたします。

「勇者との契約が切れたらここへ参れ。飼ってやろう」

「誰がお前にやるか女豹《めひょう》が」

……別れのご挨拶《あいさつ》くらいまともにできないのですか。

女王陛下と物騒なお別れをし、マドック国を後にします。

滞在期間が短かったのは残念ですが、のんびり観光している場合でもないので仕方ありません。

いや、女王陛下の所に長期滞在するのは、それはそれで怖いか。

「とりあえず無事に魔王討伐《とうばつ》を終えたら、またご挨拶《あいさつ》に来たいですね。色んな国の観光もしてみたいですし」

おっと、うっかり奴隷らしからぬことを言ってしまいました。

この世界に落とされた時は元より、奴隷館にいた頃にはとても思いつきもしなかったような願望が出てくるようになりました。これもレオン達のおかげでしょうか。

色んな国を見てみたいだなんて、そんな自分の変化にビックリです。

そんな私の奴隷らしからぬ発言を、皆様はにこにこと受け止めてくださっています。

しかし、そんなにほのぼのとしている場合ではありません。

手形を手に獣人《じゅうじん》国との国境に馬車で向かっていると、早速《さっそく》大きな門が見えてきました。

国境の番人さんに近づいていくと、その姿はライオンが二足歩行しているようで怖いです。

ナゾルさんのことがバレたら大変なので、魔力を隠すことに専念しなければ。

「勇者一行、か」

「そうだ」

そう言ってレオンは全員分の手形を番人さんに渡しました。

レオンはもちろんのこと、皆様凄い職業になっているのです。

勇者、高位魔法使い、高位弓使い、強戦士ですよ？

その中に一人で浮いてる奴隷、気まずい。

案の定、番人さんが私の手形を見るなり眉を顰《ひそ》めます。

「なぜ勇者パーティに奴隷がいるのか？」

「別に問題なかろう。マドックの国王から手形を発行されているだけで信頼に足ると思うが」

レオンはどうして誰にでも偉そうなのですか。超ハラハラするんですけど。

勇者様御一行が奴隷を連れていたら訝《いぶか》しんで当然です。番人さんならなおのことです。

「所有者は誰だ」

「誰でもよかろう。俺のパーティの一員に文句があるのか？」

番人さんにガンつける勇者様とかおかしいです、やめてください。

困って皆様の顔を見回すと、レオンに負けず劣らず好戦的なのです。やめてー。

「手形に不備は無いのですよね？　でしたらユウ殿が奴隷でも身分の保証はされていることになりますが」

「つまり、問題無いってことよね？　早く通してもらえないかしら」

「女王陛下直々の手形だしな。こっちも遊びに来てんじゃねぇんだよ」

ルイ様、ミリアお姉様、スレイン様が口々に番人さんに食ってかかります。皆様、なんでそうなんですか。

しかし、その勢いに気圧《けお》されることなく、番人さんは冷静です。

「黒い髪と瞳の人間だ。こんなに珍しい外見で、ただの奴隷とは思えん」

うう、だから髪色くらい変えればよかったんですよ。少しくらいは控えめな奴隷になれたのに。

前の世界では黒髪ってめちゃくちゃ控えめアピールだったのになぁ、真逆な価値観つらい。

「黒の美女が実際に存在していた。偶然奴隷だった。それのどこが問題なのだ？　さっさと通せ」

レオン、脳内彼女のこと自《みずか》ら公言しちゃってるし……！　それにその渾名《あだな》はやめてください!!

そして番人さんに命令口調やめてください!!

「レ、レオン？　もう少し言い方を優しくなさってくださいませんか？」

小声で耳打ちしたのですが、獣人《じゅうじん》さんの鋭いお耳は聞き取ってらっしゃいました。

こちらを睨《にら》みつける目がこわ……あれ？

あれれ？

「奴隷が勇者に進言するのか」

番人さんのお言葉とお顔が、一致していません。

彼の視線の先は私ではなく、私の腰元に向けられています。

……ファーが気になるのでしょうか？

試しに腰を動かしてファーを揺らしてみると、それに合わせて番人さんの視線と尻尾《しっぽ》も揺れています。

女王陛下にけらけら笑われながら頂戴《ちょうだい》した腰飾りが、まさかここで役立つとは。……女王様、わかってたのかな。

必殺、猫じゃらし！

「む、むむ！」

腰を振る私に合わせて視線を揺らす番人さん、中々にシュールな光景です。

でも怖かったライオン番人さんが急に可愛らしく見えてきますね。

しかし、きゃっきゃしている場合でもありません。レオンが苦々しげに口を挟んできました。

「何を遊んでいる。さっさと通せ」

「……はっ！　て、手形は本物のようだからな！　構わないだろう」

うっかり遊んじゃったのが恥ずかしかったのか、先程までの質問責めはなかったことに。

ちょこっと頬が赤らんでいるようにも見えますが、きっと気のせいでしょう。気のせいにしてあげましょう。

「ユウもユウだ。主人を放って他人と戯《たわむ》れるとは」

「……ほう、黒の美女は勇者の奴隷だったのか」

ライオン番人さんにバレたじゃないか。……くっ、主人の勇者様が本物の馬鹿だった件。

レオンに全力の蹴りを入れたい！　でもやってしまうとご褒美になってしまうからできない!!

せっかく私が気を逸《そ》らしたというのに、なぜ自分で暴露《ばくろ》しちゃうんですか。

「……さ、さぁ皆様行きましょうか！　通行許可も出たことですし！」

必死に隠そうとしてくださった皆様にも申し訳ないです。さすがに皆様、呆れ顔ですね。

奴隷を連れている勇者様が来た、というお話は避けられないみたい。せめて、勇者様が連れている奴隷に価値がある、と思われる方向に軌道修正です。

これまでもその気持ちはありましたが、レオンにとっての価値ではなく、誰がどう見ても価値のある奴隷にならなくては。

ハードモードがよりハードになりました。

＊　＊　＊

「ユウが口をきいてくれん」

「当たり前よ」

はい、当たり前です。

国境を越え、まずはドライラン国を馬車で通っている間に、すでに奴隷付きの勇者様情報は広まっていました。

馬車を降りて国内を散策していると、獣人《じゅうじん》さん達からジロジロ見られます。

「あれが黒の美女か」

「勇者様の夢の中の話じゃなかったんだねぇ」

……聞こえてますよ。

そんなに大きな音量で噂しないでください。

「奴隷の割には小綺麗にしてるよな」

「そりゃ勇者様のお相手なんだから当然だろ」

何のお相手だと思ってます？　たぶんそれ違いますよ。いや、あながち間違ってもいないか。

不躾《ぶしつけ》な視線を寄越《よこ》してくださる獣人《じゅうじん》さん方、容赦無いですね。

「そ、そう落ち込むなよユウさん」

「無理です」

スレイン様の優しさはありがたいのですが、それで癒《いや》される程度の傷ではありません。

色んな国に行ってみたいなぁという夢は、早々に散りました。

どの国に行っても、勇者様の奴隷である〝黒の美女〟というレッテルが付いて回るのです。

どの国にも行けない、行きたくない！

「ユウ、いい加減機嫌を直してはくれないか？」

……あれ。そういえば、私が怒っても喜ぶレオンが珍しくしおらしいですね。

これは珍しい発見です。

「自分のせいでユウ殿が落ち込んでいると、反省しているのですよ」

ルイ様がこっそり耳打ちしてくださいました。

「……あんなに自分の奴隷だとアピールしたがってたのにですか？」

「ユウ殿を自慢したいだけなのですよ、彼は」

むむ、ルイ様にそう困ったようなお顔をされてしまうと、いつまでもヘソを曲げているのが申し訳なくなってきますね。

「……レオン、私はもう怒っていません」

「本当か？　まだ怒っているなら殴るなり蹴るなり……」

「はいストップ」

「……うむ」

またあらぬ噂が広まるところでした。いや、あらぬことではないのですが。

「怒ってはいませんが困ってはいます。せめて人前での言動だけはお気をつけください」

「うむ、心得た」

レオンは真面目な顔で頷《うなず》いています。本当ですね？　本気で気をつけてくださいよ？


宿を取り、部屋に入ってようやく少しだけ落ち着きました。もちろん、言うまでもないでしょうが今日もレオンと同室です。

耳のいい獣人《じゅうじん》さんが営んでいる宿ですから大きな声を出せば聞こえてしまいます。

「はあ、早くここから出たいです」

獣人《じゅうじん》さん達、見た目は可愛いんですよ。リアルに獣耳や尻尾《しっぽ》の付いてる美人さんなんて、もうファンタジー万歳ですよ。

でも皆様お耳がよろし過ぎです！　内緒話もできない国があるなんて！

「仕方がないだろう。魔王城への最短ルートだ」

「わかってはいますけども。そもそもレオンが主人らしくしてくださっていれば問題無いお話です」

「嫁扱いなら喜んでするが」

「そっちの主人じゃないです」

何を言ってるの、この勇者様。あと音量もっと抑えてください。

「なぜそこまで周りを気にするのだ。好き勝手言わせておけばよい」

「そうしたくなってきましたよ」

なんかもう気にしてるのが私だけのようで、アホらしくなってきました。

「俺は刻印を消しても構わん」

「ふぇ？」

レオンからの唐突な発言に思わず変な声が出てしまいました。

だって、あれほど刻印に拘《こだわ》っていたレオンの台詞《せりふ》とは思えません。

「ユウが不幸なのは嫌だ。俺から離れないと誓うのならば、いや、俺と婚約するならば刻印を消してもよい」

「とりあえず奴隷契約続行でお願いいたします」

即答です。

一瞬、ちょっとかっこいいとか思っちゃったじゃないですか！

なのに何で急に婚約出てきた!?

「奴隷も婚約も嫌だと？　何なら気に入るのだ!?」

「その中間の一般人ですよ!!」

レオン相手に感動なんてできるわけがなかった。

＊　＊　＊

――翌日。

なぜか冒険者ギルドにいますなう。

ここドライラン国は、冒険者が多く滞在する、獣人《じゅうじん》領土内でも屈指のダンジョン大国。そのためギルドも立派なものです。

もちろん、冒険者さんは獣人《じゅうじん》さんばかり。

人間やエルフとは異なり魔法が苦手な獣人《じゅうじん》族の皆様は、スレイン様が標準体型に見える程に大柄で筋肉質な方が多いのです。

アマゾネス美女だった女王陛下はレアケースではなかったようですね。

ギルドに急に召集されたので何事かと戸惑っていたら、レオンが説明してくれました。

「緊急クエスト、ですか？」

「高ランク冒険者には、有事の際にはギルドに貢献する義務があるのだ」

「はぁ。皆様大変ですねぇ」

有事、とは戦争か何かでしょうか？

危険そうですね、無事ご帰還されるのをお待ちしなくては。

「何を他人事のようにしている？　ユウも参加義務があるんだぞ？」

「へ？　わ、私もですか？」

私がぽかんとしていると、見兼ねたミリアお姉様が補足してくださいました。

「義務が発生するのはBランクからよ。ユウも該当するわ」

「そうなのですか……！　義務とはいえ、戦争に駆り出されるのは嫌ですねぇ」

「安心しろ。戦ではなく討伐《とうばつ》だ。どうやら竜種の群れが集まってきているようだ。それらから国を守れというクエストらしい」

「魔物が国を襲うこともあるのですか？」

「滅多《めった》に無い。が、獣人《じゅうじん》が高位竜種を怒らせでもしたのだろう。報復というやつだ」

それって竜さんには落ち度は無いのでは？

できれば討伐《とうばつ》ではなく、話し合いでもって解決したいものです。

言語開放されている私なら竜語もわかるかもしれませんし。

「やっぱり高位の竜さんは他の竜種さん達の後衛にいるのでしょうか？」

「どうだろうな。好戦的な奴ならば前線に出る可能性もある。なぜだ？」

「お互いに怪我人《けがにん》を出さない手段で行きたいかなぁ、と」

高位竜種さんと接触さえできれば、話し合いも可能なのではと思います。

「向こうの言い分も聞かずにただ迎撃《げいげき》、というのもいささか原始的過ぎる気がいたします。文化人らしく話し合いで解決できれば、それに越したことはないですよね」

私の提案に、皆様が困っていらっしゃいます。

「難しいですかねぇ」

最悪私が単独特攻するかな、などと考えていると、ミリアお姉様が何か閃《ひらめ》いたのかパッと顔を上げました。

「わたくし達はもうとっくにSランクになっているはずよね。今からギルドカードをSランクに更新して、わたくし達が先陣を受け持てばいいのではなくて？　Sランクのメンバーなら、ギルドも文句は言えないんじゃないかしら」

「ミリアお姉様、それです！」

勇者様パーティが緊急クエストに先陣で挑むなんて王道も王道！　それしか無い！

「面倒だったから」という、勇者様パーティらしからぬ理由で更新をサボっていた皆様。無事ギルドカードを更新し、ギルドマスターに斥候《せっこう》として竜種の群れの様子を見てくる許可をいただきました。その間のすったもんだは割愛《かつあい》いたします。

「さて、テレポートしますよ」

ギルドから竜種の群れは見えてますが、それでもかなりの距離です。

そこで、今こそ私の無属性魔法の出番なのです！　何を隠そう、テレポートを習得していた私。

早速《さっそく》、テレポートのイメージをします。

「手を繋げるのだな！　手を！」

「触っていればどこでもいいので、さっさとしてください」

この期《ご》に及んで、レオンははしゃいでいます。少しの間でも大人しくできないのか。

「ならば足でも」

「言動に気をつけるって約束しましたよね」

「……すまん」

気を取り直して、さぁ行きましょう！


おぉ。近くで見たら竜さん達、結構な数ですね。三桁はいってるんじゃないかな。

ここまで総出で来られるとは、どれだけ怒らせることをしたんでしょう。

今は地上に降りて、休憩中のご様子。これはチャンスです。

私は思い切って先頭の竜さんに駆け寄りました。

「すみませーん！　リーダーさんとお話ししたいのですが！」

「何だ貴様らは」

先頭にいらっしゃった橙色《だいだいいろ》の竜さんは、苛立たしげにこちらを睨《にら》みつけてきます。

「あ、言葉が通じるのですね」

「竜語を話していながら何を言っている？」

へ？　竜語なんて知りませんよ。

皆様に確認してみても、皆様には人間の言葉として聞こえているようです。これが言語開放スキルの効果なのでしょうか。凄いスキルだな。

さ、さて。気を取り直して続けましょう。

「冒険者を代表して来た者です。攻撃態勢に入る前にリーダーさんとお話ししたいのですが」

「貴様らは勇者の仲間なのだろう？　我らの主《あるじ》を攻撃しないという保証は無い」

「攻撃なんかしませんよ。何なら武器を置きましょうか？」

そう言っても、竜さんは承諾してくださいません。当たり前だけど。

仕方ありません。一か八か、賭けに出てみるとしますか。

「では、私と勇者の二人だけならいかがですか？」

さすがにプライドの高い種族なら、人間二人すら通せないなどとは言えないのではないか、と考えたのです。

ただ……

ミリアお姉様の視線が痛いんですけど。

ルイ様が殺気を隠していないのですけど。

スレイン様の溜息が聞こえてくるのですけど。

仕方ないじゃないですか、レオンが私一人だけを行かせるわけないんですから。

竜さんは少しの間逡巡《しゅんじゅん》し、頷《うなず》いてくださいました。

「ならばよかろう。我らが主《あるじ》に会わせてやる」

案外話のわかる竜さんが先頭にいてくださってよかったです。


本当にど真ん中、大勢の竜さん達に囲まれていたのは、大きな大きな金色の竜さんでした。

圧倒的な大きさと美しさです。

「綺麗……」

まるで童話の中に放り込まれたみたいです。こんなに綺麗な生物、見たことがありません。

「ほう、少しはものがわかるようよの、娘」

「はじめまして、ユウと申します」

金色の竜さんは、竜の中でも最高位の聖竜さんでした。

聖竜さんは、男性とも女性とも思える不思議な声で話されます。いつまでも聞いていたくなるような、落ち着く声です。

言語開放のスキルを持たないレオンも言葉が理解できているみたいなので、聖竜さんは人語をお使いになっているようですね。

レオンが聖竜さんを見上げて口を開きます。うん、ちゃんと勇者様らしいな。

「なぜ獣人《じゅうじん》の国を襲うのか。聖竜が谷から出てくるなど余程のことだろうな」

聖竜さんは高位魔物の竜種の中でも最高位、つまり魔物の中で最も強く最も聖なる存在です。普段は竜の谷から顔を出すことなどあり得ない、伝説に近い存在なのです。

これまで穏やかな声で話していた聖竜さんの目つきが鋭くなり、声色も低く響きます。

「谷に無断で入り込み、我が娘の子を拐《かどわ》かしたのよ。愚《おろ》かな獣人《じゅうじん》がな」

それを聞いて、私達は顔を見合わせました。

「聖竜さんのお孫さんを？　なんて罰当たりな」

「そう、罰を与えるのよ」

なんと誘拐事件だったとは。

聖竜さんじゃなくても怒るに決まっています。

迎撃《げいげき》なんて以《もっ》ての外《ほか》です。むしろ獣人《じゅうじん》さんサイドが謝罪して然《しか》るべきじゃないですか。

やはりこのようにお話をしに来てよかったです。対話は大事ですね。

「もしそのお孫さんが無事に戻っても、獣人《じゅうじん》さんの国を襲いますか？」

「孫だけでは足りぬわ。拐《かどわ》かした犯人の身柄も欲しいのう」

それもそうか。罰を与えたいんですもんね、悪いことをしたら罰を受けるのは当然のことです。

こうなったら方針は決まりですね。

「わかりました。では犯人とお孫さんをお連れするので、しばらくお時間をいただけないでしょうか？」

「お主らを信用しろと？」

「約束を守らない勇者なんていませんよ。必ず守ります。何なら、私を人質にしてくださっても構いませんよ」

うん、これならレオンも全力でお孫さんを奪還してくれることでしょう。

聖竜さんに信用していただく担保《たんぽ》にもなりますし。

「おい、ユウ。何を勝手なことをしている？」

レオンの声に怒気が含まれていますが、スルーです。

「勝手も何も、妥当な交渉ですよ。聖竜さんはお孫さんを攫《さら》われているんです。聖竜さん側にも人質がいなければフェアになりません。そもそもこちらはお願いをしている立場なのですよ？」

「しかしユウが危険なことに」

「なりません」

「いやしか……」

「大丈夫です」

お話ししてみて、やはり聖竜さんは話の通じる方だと判断いたしました。

私が人質になり勇者パーティがお孫さんを奪還しに行くとなれば、無駄な被害を出すとは思えません。ま、まぁ奴隷が人質としての価値を持つのかはともかく、です。

「レオンがお孫さんをちゃんと連れ帰ってくれれば済むお話です。何も危険などありません。ですよね、聖竜さん」

「我は約束を違《たが》うことなどせぬ。この娘の命は我の命に代えても守ろう。勇者が孫と犯人を連れてくるのならばな」

「だ、そうですよ」

納得していないレオンの視線も無視です。

「期限は明日の夕刻までじゃ。日が落ち切るまでに孫を連れ戻らなければ、この娘の命は無いと思え」

「ユウに手出しをしたら聖竜といえど容赦はせんぞ！」

慌《あわ》ててレオンを押しとどめ、言い含めるように落ち着かせます。

「レオン、約束は約束です。レオンが守ってくれれば聖竜さんも守ってくださいます。もし明日の夕刻までに間に合わなくとも、聖竜さんに手出ししてはいけません」

大変なお約束だと自覚しています。

時間も限られていますし、標的が誰なのかもわかりません。

でも、やってもらわなければなりません。

無理難題をこなしてこそ、勇者様なのです。

気分は『走れメロス』のセリヌンティウスですね。走れ、レオン。

レオンはしぶしぶ頷《うなず》くと、私の顔を見つめます。その子犬みたいな顔やめて。

「……褒美をくれるよな？」

「はいはい、わかりましたから。とっとと行ってきてください」

私が言い終わるのと同時にレオンは走り去っていきました。

見たこともないような全力ダッシュで。

勇者様スキルの使い所、合ってるような、合ってないような。

け、結果オーライです。

「もう見えなくなりましたねぇ」

「無謀な賭けをする娘よの」

リスクの無い賭けは賭けではありません。今回はハイリスクですけどね。

「大丈夫ですよ。レオン達ならお孫さんを無事に連れてきてくれます。ご安心ください」

無理難題とはいえ、相手はレオン達なんだもんなぁ。

さくっと解決しちゃいそうな気がしないでもない。

「我より自分の身を案じるべきではないのか？」

「私は奴隷です。最初からこの命はレオンに預けております。そもそも、案じるような身でもございません」

聖竜さんのお孫さんの方がずっと案じられるべきです。

攻撃を一時停止して私や聖竜さんを囲むように座り込んでいる竜さん達にも、感謝ですね。

自《みずか》らの主《あるじ》の孫が攫《さら》われるなんて事態なのに、大人しく交渉に応じてくれるなんて。人間や獣人《じゅうじん》にも見習っていただきたい。

パーティの誰かに何かあったら、家族に何かあったら――

考えるだけでも恐ろしく腹が立ちます。

きっと全魔力をナゾルさんに捧げて相手を滅ぼすでしょう。

それを待ってくださっているのですから、頭が上がりません。

「お話を聞いてくださって、ありがとうございます」

「勇者からの交渉を無下《むげ》にする程、この聖竜、落ちぶれてはおらぬよ」

「恐れ入ります」

「お主が我を信じたように、我も勇者を信じたまで」

レオンが戻るまでしばらくかかりそうなので、とりあえず聖竜さんの近くに座らせていただきます。

何度見ても、聖竜さんのお姿は大変美しいです。

「やっぱり聖竜さんのお孫さんも綺麗な金色なのでしょうか？」

「あれは我よりも美しく育つであろうよ。娘によう似ておるからの」

「ふふ、ベタ惚れですね」

「お主も一度会えばわかるわ。娘が産まれた時には歴代の聖竜の誰よりも美しいと思うたが、孫はそれ以上じゃ」

聖竜さんの表情はわかりにくいですが、それでもその美しい瞳が愛おしそうに潤《うる》んでいるのがわかります。

どの世界でもお孫さんが可愛い理論は揺るがないのですね。目に入れても痛くないってこういうことなのかしら。

私の祖父母も優しい人達だったなぁ。遊びに行く度に大量のご馳走を作ってくれてたっけ。

元気にしているといいのだけれど。

聖竜さんの近くにいると、つい自分の家族のことを思い出してしまいます。

「無事でいてくれればいいのだが」

「レオン達なら、必ず無事に連れてきてくれますよ」

そうでしょう？　レオン。

＊　＊　＊

俺はユウの主人だというのに、大事な彼女を置いてきてしまった。

すぐにそれを後悔したが、犯人を見つけるのは思いの外《ほか》容易《たやす》かった。

幼子《おさなご》とはいえ竜だ。それも聖竜の血を引く竜なのだから、小さくてもかなり目立つ。

加えてこちらにはミリアの探索スキルもある。

おおよその検討さえつけてしまえば見つけることは簡単だ。

すぐに見つかった犯人達は、今目の前で追い詰められている。

……聖竜の孫を盾《たて》にして。


「往生際《おうじょうぎわ》の悪い奴らだな」

溜息を吐《つ》くと、後ろでパーティメンバーの三人が構える気配がした。

「こいつらも生きたまま連れていかなきゃならねぇんだろ？」

「魔法で麻痺《まひ》させましょうか？　聖竜の所に連れていく前にミリア殿が回復させれば、問題は無いでしょう」

俺は振り向いて、スレインとルイに頷《うなず》いた。

「竜の赤ちゃんはちょっと栄養失調気味みたいだけど、わたくしが何とかするわ」

「ああ、頼む。孫は無傷で、という約束だ」

約束を守らなければユウの命に関わる。

もちろん、俺達の力であれば奴らを捕らえることも孫を無事に保護することも簡単なことだ。

誘拐犯達は、まさか俺達が追ってくるとは思いもよらなかったようで、無様《ぶざま》に震えている。愚《おろ》かなことこの上ないな。

「お前らを聖竜のもとへ連れていく」

「お、おいら達がどうなるかわからねぇじゃないか！」

「聖竜の孫を拐《かどわ》かしたんだから、どうなるかわからないこともなかろう」

「ま、まだ死にたくねぇよ！」

果たして、大人しく殺してもらえるのやら。

聖竜の様子では、簡単に殺してもらえるとは思えない。孫を誘拐されて冷静でいられるはずもない。

俺だって、ユウが拐《かどわ》かされたら何をするかわかったものではない。

「貴様らのような輩《やから》はここで殺してやっても構わんが、聖竜はそれを望んではいないのでな。まぁ数時間でも長生きできると思って、大人しく捕縛《ほばく》されよ」

穏便に済ませたくはあるが、時間の制限もある。こいつらが降参するのを待っている余裕は無い。

ユウがこの場にいないことが堪《たま》らなく不快だ。

「嫌だ！　死にたくねぇよ！」

不快感はじっとりと俺を苛《さいな》むが、勇者らしくしろとユウに言われているからな。一応奴らの言い分くらいは聞かねばならないだろう。

全てはユウのため！　ひいては褒美のため！

「ならばなぜ聖竜の孫を誘拐などしたのだ。リスクしかなかろう」

「金色の竜、しかも赤子だぞ!?　闇では破格で売れるんだよ!!」

「おいら達の借金を返してても釣りがくるんだ!!」

「……金のために命を賭けたわけか」

愚《おろ》かとしか言えんな。言い分を聞くだけ時間の無駄だったか。

「ルイ、竜を避《よ》けて連中を行動不能にしろ。ミリアは竜の保護及び治療に。スレインは行動不能になった連中を捕縛《ほばく》」

目の前の誘拐犯達は、それを聞いて何やら喚《わめ》いているが、知ったことではない。

「何なんだよ！　勇者が何で竜の味方になってんだよ!!　おかしいだろ!?」

「俺は正しいと思った方に付くだけだ。貴様らはそれに値《あたい》しないクズだ。魔族や魔物でないからと言って、貴様らの味方になるわけがない」

どいつもこいつも、勇者は聖人君子だとでも思っているのだろうか。

偶然選ばれただけのただの人間。勇者なんて肩書にしか過ぎないというのに。

俺は俺の選んだ者しか守りたくない。

「やれ」

俺の一声《ひとこえ》と同時に、仲間達は見事な連携を見せてくれた。

ルイに体の自由を奪われた誘拐犯共に縄《なわ》をかけるスレインと、保護した聖竜の赤子に回復魔法をかけるミリアを横目に、空を仰《あお》ぐ。

あぁ、早くユウに会いたい。

＊＊＊

私の予想通り、レオン達はお孫さんを見事に助け出し、約束の時刻より遥《はる》かに早く戻ってきました。そして、それより——

「か、か、可愛いー!!」

「そうであろう、そうであろう」

金色の小さな竜さんはとてつもなく可愛かった件。

これは聖竜さんが過保護になっても仕方ないレベルです、超絶可愛い！

「ぴぃ」

「孫もお主が気に入ったようじゃ。抱いてやってくれ」

「よ、よろしいのですか!?」

聖竜さんは大きな尻尾《しっぽ》をゆらりと揺らしながら優しく目を細めています。

完全にただの孫ラブなおじいちゃんだ。

そうっと手渡されたお孫さんはほんのりと温かくて、まだ数キロと思われる体重は人間の赤ちゃんのようです。

時折小さく鳴いては顔を擦りつけてきて、あぁもう天使です。

「怖かったでしょう？　もう大丈夫ですよ」

「ぴぃ、ぴぴっ！」

「頑張ったのですね。いい子いい子」

「ぴー!!」

人間の言葉どころか竜語もまだ喋《しゃべ》れないのですから、会話などできません。

でも、その愛らしい表情や仕草は自《みずか》らの武勇を語るかのよう。

「ぴぴ、ぴぃ！　ぴ？」

「ん？　どうしたんですか？」

キョロキョロと私と聖竜さんを見比べては何かを訴えているようです。

どうしたのでしょう？

「どうやらお主に名前をつけてほしいようじゃの」

……どうしてそんな大変なことをさらっと言ってのけてしまうのか。

普通の命名だってヘビー級に重要案件なのに、聖竜さんのお孫さんにお名前つけるとか！

だって、魔物に名前をつけるということは、眷属《けんぞく》契約を結ぶということになるんですよ。ルイ様に、教えてもらいました。

つまり、聖竜さんのお孫さんと契約するということ。

ほんわかムードで言っていても、とんでもないことなのです。

私がピンチの時や助けてほしい時には自由に――もちろん魔力消費はありますが――呼び出せて、お力を貸してもらえちゃうのです。お孫さんのみならず、聖竜さんご一家総出で。

「おい、俺達を無視して重要な話を進めるな」

あ、すっかりレオンのこと忘れてました、てへぺろ。

って、あれ。

「レオン、その腕はどうしたのですか？」

お孫さんの無事とその可愛さにばかり注目してしまっていましたが、よく見ればレオンの腕には血が滲《にじ》んでいました。

これまでレオンが怪我《けが》をしたところなんて、見たことがないのに。

「大したことはない。回復魔法もいらない程度だ」

「でも、血が」

私がレオンの腕に触れようとすると、ミリアお姉様が割って入ってきました。

「なに恰好つけてるのよ。やけになった盗人《ぬすっと》が聖竜の赤ちゃんを攻撃しようとしてね。庇《かば》って怪我《けが》したんだけど、『回復魔法は赤ちゃんに使え』の一点張りで」

「余計なことを言うな、ミリア」

怒ったような表情で、怪我《けが》した箇所を手で隠してしまいました。

「すみませんでした、レオン。私が勝手なことをしたばかりに」

「この程度の掠《かす》り傷、気に病《や》むようなことではない。ユウが無事ならば、それで構わないのだ」

珍しく男気のあるレオンにちょこっとだけときめいた、のは内緒です。

私達のやり取りを見ていた聖竜さんは、何か含んだように微笑んでいます。

「ほうほう、随分と過保護な勇者じゃの」

「人のことを言えるのか、聖竜の爺《じじい》」

聖竜さんと罵《ののし》りあいをしているレオンは、もういつものレオンです。

怪我《けが》もすぐに治るでしょうし、そもそもレオンにとっては本当に大した怪我《けが》ではないのでしょう。

でも、なんだか胸の奥がもやもやします。なんだこれ。

そんな私の心中などお構いなしに、お話は進みます。

「聖竜と契約することに何の文句もあるまい？」

「文句は無いが問題はあるだろう。孫の方はまだ事情がわかっていないのではないか？」

置いてけぼりくらった。でも珍しくレオンが正論を言っているのはちょっと嬉しい誤算ですね。

そもそも、助けたのは私じゃないですし。

伝説の聖竜さんが契約するなら、それこそ相手は勇者様でしょう。

体を張って助けてくれた勇者様と契約する聖竜さん、うん、王道です。

「お孫さんを助けたのはレオン達ですよ？」

「そうなるように仕向けたのはお主だろうが。何より孫が気に入ったのはお主よ。ならばお主と契約するに決まっておる」

決まってるんですか、そうですか。

若干納得のいってないレオンはともかく、ルイ様達は興味が無いのか諦《あきら》めているのか、放置全開です。

「そ、そんな目で見ないでください……」

「ぴぴぃ？」

「……ぴぃ」

「お主が嫌がっているのではないかと悲しんでおるのう」

「わ、わかりました！　私なんかでよければよろしくお願いいたします‼」

上目遣いの愛らしいお孫さんと、威圧感半端ない聖竜さんに言われたら選択肢はありません。

頭の中フル回転で単語検索です。お名前図鑑欲しい。

「ルナ、ちゃん」

「ぴー！」

「いい名じゃの。孫も気に入っておるようだ」

綺麗な金色の鱗《うろこ》と濃紺の瞳は月を連想させますので、月の女神様のお名前を拝借いたしました。

安直ですか？　切羽《せっぱ》詰《つ》まっているんです、勘弁してください！

「聖竜と眷属《けんぞく》契約するとは、さすがはユウだな」

「本来ならレオンが契約すべきなんですけどね」

称号が怖くてステータス確認したくないです。

これ、普通の勇者様転生チートルートのイベントですよね？

奴隷ルートじゃない奴ですよね？

「ぴぴっ！」

ルナちゃんが腕の中で擦り寄ってきました。

「はい、これからよろしくお願いいたしますね、ルナちゃん」

せめてもの救いはルナちゃんが可愛いことですかね。もうどうとでもなれ、です。

「何かあれば遠慮なく呼べ。力になろうぞ」

「あ、ありがとうございます」

聖竜さんを呼び出しちゃうような機会なんて、無いことを願います。

聖竜さん達とお別れして、無事クエストクリア。獣人《じゅうじん》さん達にも感謝され、宿に戻りました。私に向けられる視線も若干優しくなっている気がします。嬉しい。

国を守ったのですから当然ではありますか。

件《くだん》の誘拐犯達がどうなったか？

……知らない方がいいこともあるのですよ。

とにかく、竜さんを怒らせてはいけないということが、はっきりいたしました。

宿で夕食を食べながら、今日の出来事を振り返ります。

「ユウ殿と聖竜の約束がなければ、僕達で地獄よりも恐ろしい目に遭《あ》わせたかったですよ」

ルイ様は笑っていらっしゃいますが、目は笑っていません。怖い。

「結果的にユウの身の安全を脅《おびや》かした連中だもの、当然だわ。わたくし殺意を隠すのが大変だったんだから」

本当に隠してましたか？　ミリアお姉様。

「そんなこいつらを抑えないといけない俺の精神力、削られたわ」

……申し訳ありませんでしたスレイン様、お察しいたします。何だかいつも不憫な立ち位置になってしまわれることには同情の念を隠せませんが、有《あ》り難《がた》くもあります。

「ユウが隣にいない俺の精神的苦痛ほどではないだろう」

ほんの数時間でしたよ!?

皆様から大切に思っていただくのは感謝してもしきれませんが、限度というものもございます。特にレオン!!

「まぁ獣人《じゅうじん》に恩を売れたのは嬉しい誤算よね」

お腹《なか》の中が真っ黒な人ばかりの勇者様パーティってどうなのでしょうか。

スレイン様だけはスレイン様でいてくださるって信じてる。


「ほ、本当にするのですか?」

「褒美をくれるという約束だろう」

忘れててほしかった!

勇者様にあるまじきご褒美要求、忘れててほしかったです!

「まさか、約束を違《たが》うようなことをユウがする訳がないよな?」

ご褒美の内容は決めてませんでしたが、まさかの刻印にちゅー。恥ずかし過ぎる。……でも、怪《け》我《が》をしてまでお約束を守ってくださったんですよね。私の、ために。ここでご褒美としてチャラにしておかないと、私のモヤモヤも解決しない気がするし。や、約束は約束ですし!!

「はい」

内腿《うちもも》の刻印に厳《おごそ》かに口づけたレオンが恍惚《こうこつ》とした表情だったことは、ここだけのお話です。

＊＊＊

ドライラン国を出て数日、馬車に揺られ、時折魔物や盗賊さんを討伐《とうばつ》しながら、次の国を目指しています。

次の目的地はウェルリア国という、魔法具の製作に長《た》けた国です。

魔法具とは、スレイン様のように魔力の少ない方が使用する、補助道具のようなものですね。

獣人《じゅうじん》さんはあまり魔法が得意ではないため、代わりに魔法具が発達したようです。

家庭で使うコンロのような単純なものもありますし、複雑な魔法陣や魔法図を使った高度なものもあるそうです。

ここには、獣人《じゅうじん》さんの中でも手先の器用な方が多く在住しているとか。

実は、魔法具の存在をお聞きしてから、欲しいものがあってお小遣いをちまちまと貯めてきていたのです。

目当てのものがあるといいのですが……

ウェルリア国に到着する直前、レオンに私が欲しい魔法具のイメージを説明しました。

「そんな魔法具は見たことが無いな。しかし、他の魔法具に比べれば副作用も大したことは無いようにも思える。ふむ、作れる者がいればよいのだが」

レオンによると、効果の大きな魔法具ほど副作用が半端ないそうです。なかなか万能な魔法具なんかあるわけはないですね。魔力増幅させるけど体力めっちゃ減るよ！　なんて怖い魔法具もあるとかないとか。

安価な家庭用の魔法具はほとんど副作用は無いみたいですが、私が欲しいものはかなり高度な魔法具のようです。もし作ることができたとしても、それほど副作用が大きくないというレオンの言葉を全力で信じたい。

「お、オーダーメイドの店もあるようだぞ」

「あ、それ見てみたいです！」

レオンでも見たことが無いような魔法具が売っているわけが無いので、私の欲しいものはオーダーメイド頼みになってしまいました。

ということで、到着後は各々《おのおの》見たいものが異なりますので自由行動タイムと相成《あいな》りました。

もちろん私が単独行動を取るわけがありませんよ、レオンと一緒です。

デートだなんだとはしゃいでいるレオンはスルーです。スルースキル、万能。

私のお買い物にレオンがつき合ってくださっているだけですので。

イケメン勇者様と二人きり。傍目《はため》にはお買い物デートに見えちゃったりするのかしら。見えたところで誰も得はしませんが。

しばらく色々なお店を物色しながら街の方《かた》に聞きまわり、オーダーメイドで有名なお店を訪ねてみることにしました。

無事に着いたはいいものの、そのお店は小さな木造の、有り体《あてい》に申し上げればボロ小屋でした。

「この店が一番有名らしいが」

「さ、寂《さび》れてますね」

一応看板はありますが、不安です。

「お、お邪魔します」

今にも壊れそうな音を立てるドアを開けると、埃《ほこり》っぽい匂いが溢《あふ》れてきました。

え、営業してますよね？

「……いらっしゃい」

店内のどこからか声が聞こえてきました。

営業していたようです、とりあえず安心しました。

しかし、声はあれど姿が見えません。

探そうにも店内には魔法具と思われる品物が溢《あふ》れていて、散らかり過ぎですよ。

っていうか、絶対魔法具じゃない何かも溢《あふ》れてます。本とか壊れたガラクタとか、ゴミは捨てましょう。

お片付けが苦手にも程がある。

「こんな汚い場所でいいのか？　他の店を探すか？」

「レ、レオン、そんなに大きな声で……」

慌《あわ》ててレオンを止めようとすると、積み上げられた書物の陰から、小さな女の子がひょっこりと顔を出しました。

「汚くても腕は確かだ。うちより優秀な魔法具店なんかありやしねぇ」

け、獣耳の小さな女の子とか、可愛い!!

しかも口の悪い小さな女の子ってめちゃくちゃ可愛い!!

「冷やかしなら帰ってくれよ」

店の奥へすたすたと歩いていってしまう女の子を、急いで呼び止めます。

「冷やかしではありません。オーダーメイドで魔法具を作ってくださると聞いて伺《うかが》いました」

オーダーメイドという単語が刺さったのか、女の子は飛び上がって胸を張っています。

飛び上がったのは比喩《ひゆ》ではないのです。書物が雪崩《なだれ》を起こしていますが、気にならないのですか、大丈夫なのですか？

「オーダーメイドなら任せろ！　うちで作れなくて他所《よそ》で作れるものはねぇかんな！」

尻尾《しっぽ》をぶんぶん振り回して喜んでらっしゃるので、大丈夫なのでしょう。可愛い。

「頼もしいですね、ね？　レオン」

「俺は別に、ユウが満足するならそれで構わんが」

レオンが興味なさそうにそう言うと、女の子がレオンの名前に反応して言います。

「あぁ、噂の勇者様かい。で、あんたが黒の美女ってわけか。そりゃ張り切らねぇとなぁ」

くっ、ここまで噂は広がっていたのですね……！

張り切っていただけるのはとてもありがたいことなのですが、獣人《じゅうじん》さんの噂の広がり方、恐ろしいですよ。

「で？　黒の美女さんはどんな魔法具をご所望かい？」

「ユウと申します。黒の美女はやめていただきたいです」

「はいはい、ユウさんね。で？」

「えっと、ですね」

アイテムボックス、もしくはそれに類する魔法具が作れるのならばそれが欲しいのです。

旅には大量のお荷物が必要ですから、以前からアイテムボックスがあるといいなと思っていたのです。何より！　勇者様と旅をするならアイテムボックスは必須でしょう。ＲＰＧっぽいし‼

皆様のお荷物を一括でまとめられるのならば、多少お高くても欲しいのです。

なんせ魔物の素材取り放題にも繋がりますので！

「無尽蔵《むじんぞう》にものを入れられる鞄《かばん》ってことか」

「端的に言えばそうなりますね。可能でしょうか？」

「正直、わからん。そんな注文されたこともねぇからな。とりあえず挑戦はしてみるよ」

……ですよね。

そう簡単に作れるわけ無いですよね。

あわよくばなお願いですもの。

「なんだ、大口叩いた割に大したこと無いのだな」

勇者様のエアクラッシャースキル、どうにかしてください。

「ちょ、レオ」

レオンの言葉で、女の子の尻尾《しっぽ》の毛が逆立ちます。きしゃー！　って感じですかね。

「絶対作ってやるよ!!　二、三日寄越《よこ》せ！　前代未聞《ぜんだいみもん》のすげぇもん作ってやるからな！　後から高いからいらねぇとか絶対ぬかすなよ!?」

「金に糸目はつけん。期待しているぞ」

結果的に店主さんの職人魂《しょくにんだましい》に火をつけてくださったことになっていますが、何なんでしょう。

レオンは確かに勇者様ですが、ちょいちょい偉そうになるのはやめてほしい。

ハラハラするので心臓によろしくないです。

あと、多少なりともお金に糸目はつけましょうね。払うのは私ですよ。

「お代は先にお支払いした方がよろしいですか？」

「そんなケチなことするかよ。完璧にあんたの望み通りの鞄《かばん》作ってやるから、その時に払ってくればいいさ。あんたらだって、後から渋るような真似はしねぇだろ？」

「もちろんです！」

「なら問題ねぇよ。三日後にまた来てくれ。要望が変わればいつでも来て構わねぇけどよ。デザインはこっちに任せてくれよ？」

「はい、全てお任せいたします。よろしくお願いいたします」

と言ってしまいましたが、お小遣いで足りなかったらどうしましょう。

でも、レオンは簡単にお支払いしてくださるでしょうが、極力自分のお小遣いで払いたいです。

最悪の場合、もう値段交渉なんてできる雰囲気ではないですね、仕方ありません。

さ、最悪の場合、レオンにお小遣いの前借りをいたしますか。

下手な高利貸しよりも余計な利息が付きそうですよ？

最悪の場合ですから。


先にお買い物を済ませていたらしい皆様と、カフェで合流です。

強力なオーラを放った美男美女が三人もお揃いなのですから、皆様の周囲はガラガラでした。

そりゃそうだ、普通なら近寄りがたいでしょう。正直、私も近寄りがたい。

「お待たせして申し訳ありませんでした」

私とレオンも飲み物を注文して席に着きます。

報告会よろしく、それぞれのお買い物談議に花が咲きます。

「へぇ、そんな便利な鞄《かばん》、頼んできたのかい」

「さすがはユウ殿と申しますか、我々には思い付かない発想ですね」

ルイ様は魔法使いなので、スレイン様以上に興味津々です。まぁスレイン様はアイテムボックスよりもお肉に齧《かじ》りつく方が優先度高いみたいですけど。

「できればいいのですが……」

店主さんの腕を疑っているわけではありませんが、無茶苦茶《むちゃくちゃ》な注文だと自覚しています。

皆様が思い付かないのも当然です。アイテムボックスなんて概念の無い世界でそれを作れだなんて、無謀ですから。あくまでもあわよくば、です。

「とりあえず魔法図を作ることができれば、使用者の魔力次第で使い勝手が変わるはず、とのことでした」

元々、獣人《じゅうじん》さん達は特に魔力が強いわけではないため、手先が器用な方達が魔法図や魔法陣をお勉強なさり、それを用いた道具である魔法具を製作しているだけです。そのため、使用者が魔力を込めなければ使いこなせないのだとか。

「私のせいで三日も足止めになってしまい、申し訳ありません」

「気にするな。ユウのことで立ち止まることに何の問題があるものか」

相変わらずの反応のレオンだけでなく、ミリアお姉様もノリノリです。

「ここの宿には大浴場があるのよ！　一緒に入りましょうね、ユウ！」

何ともまったりな勇者様パーティです。ないすばでーなお姉様と一緒にお風呂って、罰ゲームかよ。

それにしても、魔王様のお話とやらを、ここまでほとんど聞かないのですよね。

魔人や魔物による被害こそあれど、魔王様のお名前は聞いたことがないのです。

魔王様が各国へ進軍されているというのは人間のお偉い方々の間でのお話だそうですが、はてさて、真偽が怪しいところですね。

まぁ、そこまで考えるのは私のお仕事ではありませんが。

……ちなみに、ミリアお姉様の裸の破壊力は計測不可レベルでした。

＊　＊　＊

お約束通りの三日後、お店に伺《うかが》いました。

とりあえず外観や店内のお掃除くらいした方がよいのでは、と思うのは私が奴隷だからでしょうか。

掃除したい。

「待ってたよ！　できあがってるぜ!!」

ドアを開けた途端に飛び出してきたのは、獣耳の店主さん。

まさかのまさかです、本当に作ってしまうとは思いませんでした。

決して疑っていたのではないのですよ？　あわよくばだっただけですよ？

「拝見いたします！」

店主さんが喜々として渡してきたのは、リュックサックです。

シンプルなデザインですが、裏地に細かな魔法図が幾つも縫われています。

「どれくらいの荷物が入りますか？」

「あんたが無尽蔵《むじんぞう》にって要求したんじゃねーか。ユウさんが魔力を使えば、好きなだけ入るさ」

……なんという四次元なんとやら。

要求したのは私ですが、叶えてしまう店主さんの凄さに驚きです。

「試してみなよ」

店主さんが近くにあるテーブルを指差しながら得意げにそうおっしゃるので、そのテーブルをお借りして、鞄《かばん》に魔力を少しだけ込めてみます。

どう見ても鞄《かばん》の入り口よりも大きなテーブルが、あらビックリ！　するりと消えるように鞄《かばん》に入っていきました。

鞄《かばん》の中に何が入っているのかも魔力で自然とわかりますし、取り出すのも簡単です。

これは素晴らしい！

「ありがとうございます！　こういうのが欲しかったのです！　凄いです！　素晴らしいです！」

「ふ、ふん！　うちにかかればこれくらい！」

嬉しそうに尻尾《しっぽ》を振り回す店主さんにこちらも嬉しくなります。かわゆす。

とはいえ、喜んでばかりもいられません。問題は、私の所持金で買えるかどうかです。

「お、お値段はおいくらでしょう？」

「いらねぇよ」

「……はい？」

恐るおそるお値段を聞いたところ、まさかの無料発言。

「だからいらねぇ！　今回の鞄《かばん》の作成はうちの勉強にもなったし、これから店の看板商品になる予定だしな」

確かに、こんな凄いアイテムボックスを作れるのはここだけ、なんて売り文句があれば看板いらずでしょう。ボロ儲《もう》け間違いなしです。

ですが……

「さすがに無料でいただくわけには」

私はボロボロの店内を見回しました。お店の建て替え費用とまではいかなくとも、多少は外装や内装を改善する費用を稼いだ方がよさそうです。余計なお世話でしょうが、こちらが心配になってしまいます。

「店主がいいと言ってるんだ、受け取ればいい」

「レオン……」

無駄に有無を言わさないこの勇者様。

とはいえ、譲る気の全くなさそうな店主さんです。

ご厚意に甘えさせていただくことにします。

店主さんのためにも、魔王討伐《とうばつ》、がんばらなければいけませんね。

私は気合いを入れてリュックを背負います。

店主さんにお礼を言って、ウキウキでお店を出ました。


早速《さっそく》、試しに街の外で少しだけ魔物退治です。

どれだけの素材を獲得しても、リュックに全部入ります。常に手ぶらです。

「素材取り放題です！　全然重くないです！」

「ははは、ユウが嬉しそうで何よりだな」

嬉しいに決まっています。

討伐《とうばつ》証明部位も素材も取り放題、いくらでも鞄《かばん》にどうぞです。換金もし放題ですよ！

「おいミリアさんよ。ありゃどう見てもハイになってるけど、大丈夫なのか？」

「可愛くて何よりじゃないの、スレイン。ユウが嬉しそうだとわたくしも嬉しいわ」

レベル上げも素材もかかってこいや！　です。

第五章

ウェルリア国を出発し、いよいよ魔族領に向かいます。

獣人領《じゅうじん》は広大なので、テレポートと馬車を駆使しながら向かうこと数日。その間、倒した魔物の素材をどんどんリュックに詰め込みます。素材取り放題で、経験値も上げ放題です、楽しい。

「そろそろ魔族領ね」

ミリアお姉様が前方を指差しています。

「あ、もう魔族領ですか？　お姉様」

「そうよ！　大丈夫？　瘴気《しょうき》にあてられたりしてない？」

「だ、大丈夫だと思います」

大丈夫なのでその力強い腕力で抱き締めるのは勘弁してくださいませ。

「そういえば、スレイン様は瘴気《しょうき》の影響は大丈夫なんですか？」

「あぁ、ミリアさんが防護壁の魔法をかけてくれたからな」

魔力不足だと、シン国の時のように瘴気《しょうき》の影響で頭がグルグルするそうです。下手したら死ぬこともあるらしいですよ、怖い。

「ユウは魔力が増えたみたいね、何もしなくても影響が無いみたいだから」

ツェインさんの時とは違って今の私は問題なく過ごしています。

成長したのですよ、私も！

「それにしても、だいぶ魔物が減りましたね」

ルイ様のお言葉に周囲を見回してみます。

瘴気《しょうき》の影響でお馬さんが死んじゃうので、途中で馬車を預けてしばらく歩いてきたのですが、魔族領に近づけば近づくほど魔物の数が減っているのです。

「魔王の結界による影響でしょう。魔族領内には超高ランクの魔物が多いそうなので、小物は近づかないようですよ」

「ルイ様は本当に博識ですね」

遠くに見える魔族領は、禍々《まがまが》しい色で覆《おお》われています。あれが結界でしょうか。

ありったけの絵の具を混ぜたような、どす黒いオーラです。いかにもな色ですね。

「でも、結界を張っているということは、魔王様が魔族領内から出てきていないということですよね。各国に進軍しているというお話と違いませんか？」

私が疑問を口にすると、皆様も頷《うなず》いてくださいます。

「それなのよね。本当に魔王は他国を支配するつもりなのかしら……？」

「行ってみるしかねぇけどな」

スレイン様の言葉を合図に、止めていた足を進めます。

「魔王を殺してユウと夫婦になるのだ。魔王の善悪など問題では無い」

唐突なレオンの発言に、言葉も出ません。とりあえず魔王様の善悪は問題にしましょう。

「レオン殿とユウ殿が夫婦ですか」

「ユウの花嫁姿……！」

「きっと可愛い子供が生まれるよな」

皆様もなんでそこに乗ってくるんですか。私は奴隷ですよ、お忘れなく！

「ユウと俺の子供……!!」

「レオン、さっさと妄想から現実に帰ってきてください」

これから魔族領に向かうというのに、どうしてこうも緊張感が無いのでしょうか。

＊　＊　＊

『ふむ、魔族領の近くまで来たようだな』

「あ、ナゾルさんお久しぶりです」

獣人《じゅうじん》さん達は魔力感知に長《た》けているので、ナゾルさんは休業中だったのです。

久しぶりの登場ですね。

「全くのどかな連中よ。魔族領の門番は魔王直属の魔人だぞ」

「だそうですよ、皆様」

魔力開放でナゾルさんの声が皆様にも聞こえるようにしました。

「門番さんは、どんな方なんですか？」

「名はアリオラ。魔力は魔人の割に大したことがないが、馬鹿力《ばかぢから》の持ち主だ。そこの戦士のようなものだな」

「ナゾルさんはお知り合いですか？」

「知らぬ仲ではない」

ナゾルさん効果でさくっと通していただけると助かりますが、魔剣にしてしまったナゾルさんを見ても通してくださいますかね。ちょっと不安。

「お話し合いで通していただけそうな方ですか？」

「さてな。貴様が相手ならば聞いてもらえるのではないか？　我もおることだしな」

ん？　なぜ私なのでしょう。

「アリオラは無類の女好きなのだ」

「じゃあミリアお姉様の方が適役では？」

「奴は胸のでかい女に興味が無い。年若い女子《おなご》がいいそうだぞ」

おいコラちょっと待てです。

そりゃまぁお姉様のようなダイナマイトなボディは持ち合わせていませんが、一応凹凸《おうとつ》くらいはあるつもりですよ。

選出理由が不本意過ぎる。

あと〝年若い〟に反応して殺気出すのやめてくださいお姉様。

「確かに、ユウ殿は少し幼く見えますからね」

ルイ様のお言葉に同意するように、スレイン様も頷《うなず》いています。

「まぁ少女だと言われりゃそう見えるわな」

何なんでしょうね、このアジア系は若く見える現象の汎用性《はんようせい》の高さ。

しかし、さすがに少女は無理があるのではないでしょうか。

十歳以上もサバを読む勇気なんて持ち合わせていませんよ。

「とにかく、私がナゾルさんと一緒にお会いするのが最善みたいですね。諍《いさか》いなく通していただけるならその方がいいですし」

「ダメだ！　ユウを一人でロリコンの所になんか行かせられるものか‼」

ロリコンよりもアウトな勇者様が何をおっしゃるのか。それに私はロリじゃないです。

「レオン、少し離れた所で皆様と待機していてください」

「嫌だ」

「待機していなさい」

「御意《ぎょい》！」

レオンを落ち着かせていると、もう魔族領への入り口は目の前です。

「では行ってまいります。……ご、ご心配いりませんよ？」

レオンを筆頭に皆様の視線が保護者レベルで辛いですが、スムーズに事を進めるために、ここは

ご容赦くださいませ。

アリオラさんの近くへ歩いていき、ぺこりとお辞儀をします。

スレイン様を凌《しの》ぐ大柄な体躯《たいく》に、厳《いか》ついお顔が少し怖いです。

「は、はじめまして」

「おぉぉぉぉぉぉ！　少女！　美少女キタァァァァァァァァ!!」

……想定外なレベルで歓迎されてしまいました。

やだアリオラさんのテンション怖い。超怖い。

その厳《いか》つい外見で少女に反応するとかどうなんですか。いや見た目と性癖《せいへき》が一致しないことは、レオンで経験済みですけれども。

それに騙《だま》すようで申し訳ないですが、私は美少女どころか少女ですらないですよ。

「魔王様との謁見《えっけん》のお時間をいただくべく、通していただきたいのですが」

「美少女の望みを断るような己《おのれ》ではないぞ！　自由に通れ！　通ってください！」

「あ、ありがとうございます」

通していただけるのは大変ありがたいのですが、ナゾルさんのことは無視ですか？

どことなくしょんぼりなナゾルさんの心情が伝わってきて、気の毒になるのですが。

ツッコミ所満載過ぎる。

「ありがとうございます、アリオラお兄様」

とりあえず、ぺこりとおじぎをして、皆様を呼びに戻ります。門番さんのＯＫ出ましたよー。

複雑そうなナゾルさんには後ほどフォローを入れますので、とりあえず門を通らせていただきますね。

……お兄様発言でトランス状態なアリオラさんには、もう何も言えません。


門をくぐり抜け、視認した魔王城まで皆様とお手て繋いでテレポートです。無属性魔法にも慣れてきたたな。いちいち高ランク魔物の相手をせずに、魔王城までひとっ飛びで行けてよかった。

残念そうなナゾルさんと、複雑そうな皆様と一緒に、魔王城の中をてくてくと歩いています。

『あれが……あれが我と共に魔王様に仕えていたアリオラだと……？』

やはりナゾルさんは相当ショックを受けていたようです。フォローしたいけど、しにくい。

「こんなに簡単に魔王城に入ってしまいましたね……」

と、とりあえず侵入できた魔王城の中は殺伐《さつばつ》としていることもなく、ゲームのように魔物がワラワラ出てくることもなく、至極安全——という言い方が正しいかはともかくとして——でした。

時折魔人さんがいらっしゃるのですが、攻撃してくるわけでもなく城内でのお仕事をされているようです。執事さんやメイドさんのような存在なのでしょうか。

城内の装飾も華美過ぎず、かといって寂《さび》れてもおらず陰鬱《いんうつ》でもなく普通のお城ですし。

魔王城のイメージ、覆《くつがえ》り過ぎです。

「拍子抜けだな」

レオンがそうおっしゃるのももっともなくらいに、平穏そのものなのです。

この城内の様子から、とても恐ろしい魔王様がいるとは想像できません。

勝手に私の魔力を使ったのか、ナゾルさんの声が響きます。

「じきに応接室に着く。くれぐれも粗相《そそう》の無いようにしろよ」

「お前のその姿の方が余程粗相《そそう》にならないか？」

ナゾルさんの言葉に、レオンが珍しくつっこみます。ツッコミなレオンとか超レア。

「……我らが魔王様はそのような御心の狭い方ではない！」

今では奴隷の武器になってしまいましたものね。

しかも勇者様と口喧嘩するくらいの仲良しさんにまでなっていますものね。

魔王様に怒られないといいのですが。

「ナゾルさん、魔王様はどのようなお方なのですか？」

「見目麗《みめうるわ》しく、聡明で寛大なお方だ。下々《しもじも》の者にも分け隔《へだ》てなく接してくださる」

「ナゾルさんは魔王様のことが大好きなのですね」

声だけでもわかります。自分のことのように誇らしげですから。


案内していただいた応接室で待ち受けていた魔王様は、とっても優雅に私達を招き入れてくださいました。

戦闘態勢だったらどうしようと身構えて扉を開いたのに、拍子抜けどころじゃない。にこやかに微笑みながら、わざわざ立ち上がって頭まで下げてくださいました。

「久しぶりですね、ナゾル。随分と外見は変わってしまいましたが」

「申し訳ありません。不甲斐無《ふがいな》いばかりにこのようなことに」

「皮肉ではないのです。今の姿も綺麗ですよ。以前の貴方とよく似ていて」

そう言うと、魔王様はにっこりと微笑まれました。

……もうダメです。魔王様、いい人です。

そして以前ナゾルさんがどんなお姿だったのか、気になって仕方がない！

ジェミニに似ているってどういうことですか⁉　綺麗なのでしょうけれども‼

ナゾルさんは、魔王様に私達を簡単に紹介してくださいました。魔王様は頷《うなず》くと、レオンに目を向けて頭を下げます。

「勇者、レオンさんといいましたか。はじめまして。ヴェルナー・ウル・ヴィオラです。ヴェルナーと呼んでください」

レオンは魔王様の様子に毒気が抜かれたのか、あまり警戒していないようです。

「ふむ、友好的なものだな」

「血腥《ちなまぐさ》いことは苦手な性分なのですよ」

ナゾルさんのおっしゃっていた通り、魔王様は綺麗なお顔をしてらっしゃいます。

魔族さん特有の漆黒《しっこく》の髪は艶《つや》やかで、真っ赤な瞳は優しく微笑んでらっしゃいます。その艶《つや》やかな髪と同じ漆黒《しっこく》の翼も、なんて美しいのでしょうか。

何この天使！　魔王様ですが！

皆様には大変申し訳ありませんが、私の好みのタイプ、ど真ん中どストライクです。

魔王様の奴隷ならば、ハイ喜んで！　です。

私が魔王様に見惚《みと》れていると、隣からミリアお姉様に小声で冷やかすように小突かれました。

「あらあら、レオンが拗《す》ねてるわよ」

「レオンには申し訳ありませんが、ヴェルナー様は本当にお綺麗ですので」

私も小声でそう返すと、魔王様がこちらを見て微笑みました。

「ユウさん、といいましたね。堅物《かたぶつ》なナゾルが惚れ込むのも納得です。ナゾルがお世話になりました。ありがとうございます」

「とんでもございません。ナゾルさんにはこちらがお世話になりっぱなしですから」

お辞儀の応酬を数往復。

……何これ。奴隷相手にも紳士対応な魔王様とかずるい。この世界に来て一番のときめきです。

殺意と嫉妬《しっと》の混ざったレオンの視線には無視を決め込みます。

刻印が申し訳程度に痛みはしますが、問題はありません。たいして痛くないもの。

「確か異世界からいらしたと噂で聞いています。これまでご苦労なさったことでしょう」

「お気遣いありがとうございます。ナゾルさんをこんな異端な奴隷の武器にしてしまい、申し訳ありません」

大分前にナゾルさんに『魔王様の嫁に！』と言っていただきましたが、そのお言葉はまだ有効でしょうか。

……なんて口にしていないのに、レオンには伝わっているのでしょうか。

魔王様に向けた殺気を消してくださいませ。聖剣にかけた手を離してくださいませ。

「貴方はただの奴隷ではありませんよ。卑屈《ひくつ》になってはいけません。貴族、いえ王族のお姫様と言われても信じてしまいそうなくらいに気品があります。レオンさんだけでなく、パーティの方々も奴隷だとは思っていないのでしょう？」

キラキラな笑顔が眩《まぶ》しいです。背景に薔薇《ばら》が見えます。

そして、気障《きざ》っぽくならずに恥ずかしい台詞《せりふ》をさらりと言えるスペック！

魔王様の魔王様らしくなさ、天使レベルです。

……一方、レオンの勇者様らしくなさは悪魔レベルです。いい加減に殺気を消しましょう。

「おい、ユウは俺のものだぞ。口説くのは宣戦布告と取る」

またおかしなことを言い出すのもやめましょう。

そんなレオンの禍々《まがまが》しい殺気にも少しも動揺なさらないあたり、さすがは魔王様ですね。

きっと大層お強いのでしょう。

歴代の勇者様方が倒せなかったりするのだから、当たり前か。

「口説かれてないですから安易に宣戦布告認定しないでください」

「ユウもユウだ！　俺にも見せたことの無いような目で魔王なんかを見つめるなど！」

レオンにときめくことがそもそも無いんですから仕方ないと思うの。

超アブノーマルなレオンにときめく程、私はアブノーマルにはなれません。

奴隷とはいえ元は平々凡々な一般女性だったんですからね。

怒られても困ります。奴隷契約は行動こそ制約されても感情までは制約できませんからね。

「あぁ、レオンさんの想い人のユウさんをどうこうするつもりはありません。誤解を招いてしまい、すみませんでした」

ふふ、と小さく笑ってそうおっしゃる魔王様。その表情も麗《うるわ》しいことこの上ない。

魔王様の言葉で大人しくなるかと思いきや、レオンの殺気は変わりません。

むしろ強まってるような。

「そんなつもりがあったら全力で抹殺《まっさつ》している」

「ユウさんのことがとても大切なのですね。尚更申し訳がないです」

あれれ、今までの流れで魔王様が謝罪しなきゃいけないことありました？　無いですよね？

むしろこちらこそ申し訳ありませんですよ。

こんな残《ざん》ね、げふんげふん、勇者様で本当に申し訳ありません。

そしてそんなレオン相手に大人な対応をしてくださり、ありがとうございます。

どうしましょう、全力で魔王様側に付きたくなってきちゃいました。

そんな私の内心を見透《みす》かしたようなレオンの視線は無視です。

「なんだ、ユウ」

「何でもありませんよ、レオン」

作り笑顔は現代日本の社畜精神で得意なのです。

『だから魔王様のもとへと言ったのだ』

本気でそう言ってくださってるナゾルさん。私もそうしたい気持ちは山々ですが、それはナゾルさんとの秘密です。

＊　＊　＊

――私の見る目のなさを嘆いてもいいでしょうか。

魔王様が、私達を冷たい目で見下ろしています。

「どうせこれまでの勇者達同様返り討ちにされるとわかっているのに、なぜ人間は毎度毎度懲《こ》りないんでしょうね。まぁここまで辿《たど》り着けたのは久しぶりの快挙として、賞賛はしましょうか」

初対面時の魔王様はどちらに行かれてしまったのでしょうか。

城内を案内してくださるとおっしゃるのでついて行くと、その場所は王座のある広間でした。

どこからどう見ても最終決戦場にしか見えません。

そして王座に座った途端、温厚な笑みから冷酷な笑みに表情を変えた魔王様。正統派魔王様になっちゃった。

天使だったのに。騙《だま》された。

しかし、レオンだけでなく皆様は表情ひとつ変えていません。

「なんだ、ナゾル。お前の元上司はずいぶん裏表があるな」

豹変《ひょうへん》した魔王様相手に臨戦態勢すら取らない皆様に、魔王様の方が固まってしまっています。

混乱した私は、心の中でそっとナゾルさんに助けを求めます。

「えっと、構えくらいは取っておいた方がいいと思いますか？　ナゾルさん」

『……複雑な心境ではあるが、不要だ。貴様の主人だけでも魔王様の御力を超えているからな』

なるほど。皆様ならステータス確認などしなくても、相手の力量くらいはおわかりになるのですね。

その皆様が通常運転なら問題無いんだろうなーとは思ってましたが、レオン単体でも余裕なのですか。それはナゾルさんからしたら複雑ですね。

「そのような態度、いつまでも保てると思わない方がいいですよ」

そう言うと、魔王様の手に黒い球状の魔力の塊《かたまり》が集まってきました。これが闇魔法でしょうか。

「これまで何人の勇者が敗れたかもご存知でしょうに！」

その球状のものはどーん、と大きな音を立てて、直前まで私達の背後にあった壁に大きな穴を作りました。

凄い、本当に綺麗な穴です、丸い穴です。しかも壊して崩れたんじゃないんですよ、文字通りそこだけ壁が消えたんですよ。闇魔法ってそんなこともできるのか、今度ナゾルさんと挑戦してみよう。

何発か続けて飛んでくる魔王様の攻撃を避《よ》けつつそんなことを考えていると、のんきに闇魔法に感心している私に呆れたのか、レオンに溜息を吐《つ》かれてしまいました。なんか腹立つ。

「く……今のを避《よ》けましたか」

魔王様はさすがに悔しそうです。

ふと気づくと、自分の体が宙に浮いていました。

「レオン、下ろしてください。自分でもちゃんと動けますよ」

「万が一にもユウに当たったらどうする。今のユウなら避《よ》けるくらい容易《たやす》いだろうが、念には念を入れても問題は無いだろう」

自力で回避しようとしたのを、レオンに捕まりました。久しぶりのお姫様抱っこ、不覚です。

レオンとこそこそ話していると、魔王様の美しいお顔が歪《ゆが》み、大声で叫ばれました。天使な面影《おもかげ》はもはや皆無ですね。

「私をここまでコケにしてくれたのは貴方がたが初めてですよ！」

魔王様玉、第二弾です。

またもやレオンが私を抱えたまま一瞬で移動します。レオンの動きが速過ぎて三半規管が追いついてくれないんですよ。頭ぐるぐるする。あれ、これツェインさんの時と似てる、よう、な。

「ふむ、魔王だなんだと大仰《おおぎょう》な噂こそあれど、所詮はその程度か。ユウ、大丈夫か？」

レオンのその言葉を遠くに聞きながら、突然頭がリセットされたかのように真っ白になるのを感じます。と同時に意識とさよならバイバイです。

「……うるさいですね、変態勇者の分際で私に話しかけないでください」

「おい、ユウ。どうした？　ルイ、ミリア、スレイン！　ユウがおかしい！」

「え、ユウ殿？　どうされましたか？」

「長髪眼鏡とかあざといですよね。何を狙《ねら》ってるんですか？」

「ね、ねぇユウ？　どこかぶつけたりしたの？　魔王の魔法でも当たった？」

「巨乳エルフとか言っても所詮は年齢三桁じゃないですか」

「ミリアさん！　ミリアさん！　死んじゃいけない！　ユウさんも落ち着けって！」

「はぁ、脳筋《のうきん》の戦士って何かの役に立つのですか？」

「おい奴隷娘。貴様やっと反応したかと思えば、またそのように中途半端な……」

「ドM《エム》変態パーティに殺された上に奴隷の武器にされた魔人さんよりも中途半端な存在っているんですか？」

「私の魔法を避《よ》けるだけでなく、瘴気《しょうき》の影響もこの程度とは……。何者なのですか貴方は。まぁいいでしょう、さっさとこちらに来なさい」

「はぁ？　惰弱《だじゃく》な魔王が偉そうに。腹黒敬語イケメンとか供給過多ですお腹《なか》いっぱいです。間引きされてしまえばいいのに」

＊　＊　＊

……どうしてこうなった。

思いもしなかった状況に、スレインは頭を抱えることしかできなかった。

ユウがいきなり豹変《ひょうへん》し、勇者一行や魔王に毒を吐きまくっているのだ。どこがスイッチだったのかはともかくとして、その豹変《ひょうへん》ぶりは怖過ぎる。

常からツッコミ担当になってしまっていたスレインはまだ冷静でいられたが、ユウを特に可愛がっていたルイとミリアには相当衝撃的だったらしく、その表情は歪《ゆが》んでいた。……レオンは別の意味で衝撃を受けているが。

さすがに魔人のナゾルは落ち着いたもので、冷静に状況を分析する。

「魔王様の瘴気《しょうき》に影響されたのだ。どうも奴隷娘のことを狙《ねら》い撃ちして、引き込もうとしていたようだからな。二発目の闇魔法が決定打になったのか」

ナゾルの説明に、なるほどと頷《うなず》きながらも、スレインの疑問は消えない。

「でもその魔王にも毒吐きまくってんぞ」

「元々魔族の影響を受けにくい奴隷娘だ。中途半端になってしまって、ただの口の悪い奴隷娘になったというわけだな」

この状況をどうしたらいいかわからず、スレインは困惑した。どうしたものかと頭を痛めていると、ユウが腰から双剣を抜いて、ナゾルに向かってしゃべり始める。それはもう別人のような冷たい目と口ぶりで。

「奴隷奴隷と煩《うるさ》いですね。その奴隷に従ってる身分の元魔人が偉そうに」

「こ、こんなの我の主《あるじ》ではない！」

先程まで冷静だったナゾルもショックを受けたのか、黙り込んでしまった。心なしかその刃の色も濁《にご》っているように見える。

しかし、そんな中でも案の定レオンだけはテンションが上がっていた。

「もっと！　もっとだユウ！」

「レオン殿にはご褒美ですが」

ルイの言葉に、スレインは大きく溜息を吐《つ》いて項垂《うなだ》れる。

今更とはいえ、曲がりなりにも勇者であるレオンが、魔王戦で奴隷に罵《ののし》られて喜んでいる光景はおかしい。どう贔屓目《ひいきめ》に見ても絶対におかしい。せめてもの救いは、この場にいるのが勇者一行だけということだろうか。ただし魔王を除いて。

どうやら魔王は、勇者パーティの皆に愛されているユウを、どうにかしてやろうとしていたらしいが……いつの間にか王座から離れ、壁に向かって体育座りをしている。どんよりとした空気を纏《まと》うその姿には、先程までの勢いやら何やらはまるで見えない。

年齢三桁と言われたミリアは、目を潤《うる》ませて本気で凹《へこ》んでいた。

「あ、あれがユウの本心だと言うの……？」

レオンに負けず劣らず、ユウが大好きなミリアだ。ショックなんて言葉じゃ足りないくらいの衝撃なのだろう。

しばらく黙っていたナゾルが、少しは回復したのかミリアの言葉に反応して言葉を発する。

「本心とは違うな。娘は心の底から貴様らを慕っていた。だから中途半端だと言ったのだ」

ナゾルの言葉に、スレインは心の中で呟《つぶや》いた。

（これが本心だったら俺ら死ねるわ。これまでずっと不要物だと思われてたとか、ショック死するわ）

本心ではないという言葉に少し気を取り直したのか、ミリアがユウに向かって悲痛な叫び声を上げる。その絵面《えづら》だけならば悲愴《ひそう》感溢《あふ》れる美女に見えるのだが――

「わたくしの可愛い妹に戻って、ユウ！」

「何が妹ですか。曽曽曽祖母《そうそうそうそうそぼ》みたいな年齢じゃないですか、ミリア様は」

冷笑しながらそう言ったユウは、もうスレインの知っているユウではなかった。

それが決定打になってしまったのか、ミリアは床に突っ伏してしくしくと泣いている。

「やめてやってくれ！　ミリアさんのヒットポイントはもうゼロだ！」

見るに堪《た》えず、そう諫《いさ》めたスレインだったが、ユウは表情一つ変えない。むしろその瞳はいっそう冷たくなっているように見える。

（全く困ったものだなぁ）

スレインは再び溜息を吐《つ》いた。魔王が魔王らしく悪人であるのは構わない。というか当たり前の展開なのだが、ユウがこのままだと誰も使い物にならないだろう。

スレインは、部屋の隅《すみ》で体育座りしている魔王に近づいてみる。

「魔王さんよぉ。何とかしろや」

「間引き……間引き怖い……」

「てめぇで引き起こしたことじゃねぇかよ！」

ユウの豹変《ひょうへん》ぶりに過剰にショックを受けていたのは、身内だけではなかったらしい。魔王はすっかり怯《おび》えた様子で、ぶつぶつと同じ言葉を繰り返すばかり。

せっかく魔王のメンタルポイントがゼロになって絶好の討伐《とうばつ》チャンスなのに、どうしたものか。

スレインがどうにかしようと一人奮闘していると、いきなりユウが聞いたことの無い言葉を淡々と紡《つむ》ぎ始めた。

どうやら何かを詠唱《えいしょう》しているらしいということはスレインにもわかるのだが……

すると、ユウの呪文に見当がついたのか、ナゾルが嬉しそうな声を上げる。

「ふむ、召喚魔法か。さすがは我が主《あるじ》。高度な真似をしてくれる」

「え、召喚魔法って！　まさかアレを召喚するのかよ！」

（っていうか、いつの間に召喚魔法の詠唱《えいしょう》とか覚えてんだよ！）

皆が唖然《あぜん》としてその様子を見守っていると、突然室内に眩《まぶ》しいほどの黄金の光が溢《あふ》れて……

「久しいの、娘」

光の中から現れたのは、聖竜だった。

荘厳《そうごん》な聖竜の登場に驚きもせず、ユウはただ淡々と話し出す。

「前置きはいらないので、あそこの壁とお話ししている残念な魔王を抹殺《まっさつ》してください」

「ぬ？　なんじゃ、魔王に毒されおったか。仕方ない娘よの」

呆れた様子の聖竜の後ろから顔を覗《のぞ》かせているのは、ルナとその母親だ。ご家族総出でやってきたらしい。

魔王との最終戦として間違ってはいない展開だが、何かが違う気がしてならない。

「お姉ちゃんが変なの！　ルナやだなの！」

(うん、ユウさんが変なのは俺も嫌だよ。しかし喋《しゃべ》れるようになってたんだな。聖竜の成長の速さに感動したい)

ルナの言葉に、聖竜は嬉しそうに頷《うなず》いて尻尾《しっぽ》を振っている。

「ならお前が何とかしてやれ、ルナ」

「ハイなの！」

言うが早いか、黄金の光がユウを包んだ。

(そうか、聖竜だから浄化効果を持ってるじゃねぇか！)

そして――

「あれ。あ、聖竜さんお久しぶりです。どうなさったんですか？」

きょとん、と小首を傾《かし》げるユウには先程までの毒々しさは無い。事態を理解できていないのか、きょろきょろと周囲を見渡している。

(ルナちゃんすげぇよ、綺麗に浄化してくれたよ!!)

スレインは安堵《あんど》し、どっと押し寄せる疲労感に、その場へ座り込んだのだった。

＊＊＊

恥ずかしい。

とても恥ずかしいです。

穴があったら入って、より深く掘り進めたいくらいです。

何ならその上から誰か土をかけて埋めていただきたい。

スレイン様に状況を説明していただいたのですが、まぁ奴隷どころか人としてあるまじきことです。

「ほ、本当に申し訳ありませんでした!!」

土下座です。

私が何を言ってしまったのか詳しくは知りませんが、すっかり目が死んでしまっているミリアお姉様やルイ様のご様子から、相当酷《ひど》かったのでしょう。

なんというか、妙に喜んでいるレオンからも察してしまえることが悲しいです。

謝って許されるレベルじゃない気がしてきた。

ひたすら土下座している私の頭上に、聖竜さんの声が降りてきます。

「頭を上げよ。娘を守れなかった此奴《こやつ》らにも責任はあろうぞ」

「そういうわけにもいきません」

しかも聖竜さん達まで呼んじゃっていたとは！

対魔王戦に聖竜召喚とはＲＰＧの王道みたいですが、なんというご迷惑をおかけしてしまったのか、私。

でもそのおかげで元に戻れたので、結果オーライ……でしょうか？

土下座する私の前に、ルナちゃんが飛んできました。すっかり大きくなりましたね！

「お姉ちゃん久しぶりなの！　ルナお姉ちゃんの力になるために頑張ったの！」

「喋《しゃべ》れるようになったんですね！　ありがとうございます、ルナちゃん」

「えへへ。だからお座りしてないで立つの！　一緒に悪い魔王やっつけるの！」

張り切ってるルナちゃんは可愛い……ですが——

視界の隅《すみ》で凹《へこ》んでいる勇者様パーティ、どうしましょう。

「そ、祖母……わたくしは祖母……」

ミリアお姉様……

「髪切ります今すぐ切ります」

ルイ様……

「なぜ元に戻っているのだ……！　毒舌ユウはどこに行った!?」

レオン……はいつも通りか。その隣でスレイン様はぐったりして座り込んでいます。

「疲れた、本当に疲れた」

自分で引き起こしてしまったこととはいえ、カオスです。

魔王様は魔王様で、壁とお話ししてますし。

何だこれ。

テンション上がりっぱなしのルナちゃんはともかく、そのお母さんと祖父にあたる聖竜さんはすっかり呆れていらっしゃいます。ごめんなさい。

「さて、魔王を討伐《とうばつ》するかえ？」

「わ、私がしちゃっていいのでしょうか？」

「お主以外、使い物にならぬじゃろうが」

私もパーティの一員とはいえ、さすがに魔王様をやっつけるのはレオン達のお仕事では？

あれ、でもレオン達を駄目にしたのは私か？　責任を取るべきですか？

壁と対話したままの魔王様を眺めつつ、聖竜さんに質問してみます。

「えっと、結局魔王様は何がしたかったのですかね？」

「お主を誑《たぶら》かして勇者達を懐柔《かいじゅう》し、まとめて手元に置いてから人間達を滅ぼそうとしていたようじゃな」

聖竜さんはなんでもお見通しのようですね。それにしても――

「何とも回りくどい上に不確定要素が多過ぎる計画！」

私はジェミニを取り出してナゾルさんに訴えました。

「魔王様は聡明だって、ナゾルさん言ってたじゃないですかー！」

「魔王様も男だ。貴様が欲しくなってしまったのだろう」

「そんな馬鹿な！」

やっぱりおかしな人しかいないのですか、この世界は。

すっかりヤル気なルナちゃんや引率の聖竜さんご一家さんに、何もなくお帰りくださいもできません。

やるしかないのか。

また選択肢は無いのか。

「せ、聖竜さん、勇者様御一行を浄化することはできませんか？」

「彼奴《きゃつ》らは瘴気《しょうき》の影響は受けておらんから浄化などできぬぞ？」

「うーん」

どうしましょう。

どうにかしないといけませんね。

私のせいですしね。

パーティの皆様を見ると、相変わらず床に座り込んでいます。

とりあえず魔王討伐《とうばつ》よりも、まずは勇者様パーティを正常化するのが先ですよね。

「ルイお兄様、ミリアお姉様。私が何を言ってしまったのかはわかりませんが、私はお兄様とお姉様のことが大好きです。レオン、魔王様倒さないと踏みませんよ。スレイン様、色々とありがとうございました」

私がそう言うと、やっと皆様は顔を上げてくださいました。

「ユウ殿の大好きいただきました！」

「妹のユウに戻ってくれたのね！」

「俺がユウに踏まれるために塵《ちり》となれ、魔王よ」

「俺はいらない子じゃなかった！」

……復活してくださってよかったです。

完全復活した勇者様パーティに聖竜さんご家族、それに対して、壁と対話したままの魔王様。

なんというイージーモードなラスボス戦でしょう。

魔王様の側近とかいないのかしらと思ったけれど、そういえばそれがナゾルさんとか門番のアリオラさんでしたね。

「あ」

すっかり大事なことを失念しておりました。

視線をジェミニに向けると、悲しくなります。

魔人さんは魔王様と眷属《けんぞく》契約しているので、もちろんナゾルさんも例外ではありません。つまり、魔王様の命と契約者のナゾルさんの命は等しいのです。

「魔王様を倒したら……ナゾルさんも、消えてしまうのですか？」

無力な私に、過分なまでにご協力くださっていたナゾルさん。

自分を殺した勇者様パーティと共に過ごしてくれた、心の大きなナゾルさん。

「ナゾルさんが消えてしまうのなら、私は魔王様を討伐《とうばつ》したくありません」

奴隷にあるまじき発言であることは承知しております。

でも、奴隷の私を大切にしてくださった皆様と同じくらいに、ナゾルさんはお力を貸してくださったお優しい方なのです。

私にとっては大切な存在なのです。

だけど——

「ナゾルさん……」

さようなら——


——なんてことはありませんでした。

だって、討伐《とうばつ》しなくとも魔王様を無力化してしまえばいいのですから。

ルイ様でも使えないという高度な魔法である封印魔法ですが、何も人間がやらなければならない道理もございません。

聖竜さん、お待たせいたしました。出番です。

「ルナ、初めての封印なの！」

まだ幼いルナちゃんでも、封印魔法が使えちゃうなんて、聖竜、ハイスペックです。

お呼ばれした時からテンションMAXで張り切ってくださっているルナちゃんです。

和やかなBGMでも聞こえそうなテンションで全力の封印魔法です。

ルナちゃんが魔王様に向けて光を放つと、あっという間に魔王様は透明な鉱石のようなものの中に封じられてしまいました。

「これでナゾルさんはお姉ちゃんとバイバイしなくていいなの！　お姉ちゃんが悲しいのはルナも悲しいなの！」

「ありがとうございます、ルナちゃん。おかげさまでとても助かりました」

金色の大きな尻尾《しっぽ》がぶんぶん振られています。

あぁ、なんという天使。

封印はルナちゃんにしか解除できませんし、ルナちゃんは私がお願いしない限り解除するつもりはないようです。実質的には永久封印と同義ですね。

うん、イケメンは置物に限る。とはいえ。

「ナゾルさんには申し訳なかったかもしれませんが」

奴隷の武器、続行させてしまいましたからね。

完全に私の勝手なワガママです。

「壁と会話するような魔王様など許されぬ。いや、認めぬ。それに、今の我の主《あるじ》は貴様だ。貴様は主《あるじ》らしく好きに使えばいいのだ」

ナゾルさんの言葉に、思わず笑みがこぼれます。

「これがツンデレというやつね」

「要はユウ殿とこれからも一緒にいられて嬉しい、と」

「ユウさんが壊れてた時にあんだけ心配しといて、素直じゃねぇよな」

皆様の意地悪かつ微笑ましいお言葉と表情に、ナゾルさんは照れてらっしゃるようです。隠しても無駄です、私には丸わかりですよ。

相変わらず、レオンだけが声を荒らげていますが。

「おのれ魔人風情《ふぜい》が！」

えーっと、一応旅の最終目的である魔王討伐《とうばつ》を達成したのですが。

え、そんな感じなんですか？　通常営業なんですか？

「じゃあの、娘。また何かあれば気軽に呼べ」

「お姉ちゃんまたねなの！　何もなくても呼んでねなの！」

とりあえず魔王様の無力化に成功したので、長々とおつき合いいただいた聖竜さん達にはお帰りいただくこととなりました。

「何も無いのに聖竜さんを呼べる度胸はありませんが、本当にありがとうございました」

深々とお礼をすると、ルナちゃんの羽が優しく頭を撫《な》でてくれました。

……というか、ルナちゃんでも魔王様の封印が楽勝なら、聖竜さんは何でこれまでやらなかったんでしょうか。

まぁ人間の都合にわざわざ首を突っ込んだりはしませんか。

聖竜さん達始め、魔物には魔王討伐《とうばつ》なんて関係の無いことですものね。

「今度、谷にお邪魔しに行かせていただきますね」

そう何度も召喚する訳にもいきませんので、こちらから足を運ばせていただきたいと思います。

神々《こうごう》しい光に包まれ消えていきながら、約束なの！　と尻尾《しっぽ》を振るルナちゃん。

はい、約束は必ず守ります。

聖竜さん達を見送り、私達もこのお城を出ることにします。

人間の国の国王様に、魔王討伐《とうばつ》のご報告をしなければなりません。

「あ、魔王様は封印されてしまいましたが、他の魔人さん達はどうなるのでしょうか」

ふと疑問に思ってナゾルさんに聞いてみました。

「これまでと変わらぬ。アリオラは門番を続けるであろうし、城内の魔人も各々《おのおの》仕事をするだけだ」

「仕える主《あるじ》はいませんよ？」

「……それなんだがな、魔王様をトップとすると、ナンバー2だった我が順位繰り上げで魔王様代理になる。しかし我は貴様に仕えておるから、魔王様不在の間、魔王城のみならず魔族領の主《あるじ》は貴様ということになるな。まぁ言うても貴様にしか封印解除はできないのだから、実質、今後魔族領は貴様のものということだ」

……とんでも発言いただきました。

思考がお仕事放棄するレベルのとんでも発言です。

「いやいやいや！　問題大有りですよ、むしろ問題しか無いですよ!?」

パニックになっている私とは裏腹に、またもや皆様はのんきなご様子です。少しは焦ってくださ い!!

「さすがはユウだわ！　まさか一領土を治めることになるなんて！」

「治めるといっても、実際に動いていたのは城内の魔人達のようでしたから、ユウ殿は彼らに人間や獣人《じゅうじん》に危害を加えないよう命じるだけですね」

「んじゃ、城の連中に命令を出したらまた俺らと旅ができるってわけだな」

「ユウ！　これでお前は名実共に女王様というわけだな！」

どうして誰一人として問題を提起してくださらないのか。

「……皆様も少しは動揺したりしてください！」

なんてこった、です。

奴隷ルートなんて酷《ひど》いハードモードかと思っていた初期の私、ごめんなさい。

相変わらず奴隷ですが、魔族領主と女王を兼任するスーパーウルトラハイパーハードモードになってしまいました。

恐るおそる、ステータスを確認してみることにしてみます。

「ステータス」

【名前】ユウ・アヤセ　24歳
【レベル】85
【冒険者ランク】A
【種族】人間
【職業】奴隷・女王・魔族領主
【魔法】無属性（身体能力強化・武器強化・魔法付加（火・水・雷・闇）・転移・召喚）
【体力】7850
【魔力】13600
【敏捷《びんしょう》】3200

【筋力】1860
【スキル】言語開放・料理・掃除・保育・調教・鞭《むち》・双剣・無詠唱《むえいしょう》・自動発動・魔力操作・回避・策士・高速魔力回復・隠密《おんみつ》・暗殺・交渉・眷属《けんぞく》契約・魅了
【称号】異世界人・勇者の奴隷・上級鞭《むち》使い・二刀流・魔剣の使い手・魔人ナゾルを使役《しえき》する者・奴隷らしからぬ者・虐殺者・剥《は》ぎ取り名人・高位エルフの妹・高位魔法使いの妹・強戦士の娘・勇者の飼主・殺人者・神と対話する者・テレポーター・黒の美女・女王の加護を受ける者・ネゴシエーター・聖竜の契約者・合法ロリ・魔人アリオラを従わせる者・魔王を魅了する者・魔王に魅了された者・毒舌・聖竜の召喚者・魔王を封じし者・魔族領を治めし者・魔族の主《あるじ》

もうやだ。

人間の国王様に報告しに行くの本当にやだ。

何よりも、魔王討伐《とうばつ》という偉業を成し遂《と》げたというのに、達成感が全然無いことがやだ。

どう見ても奴隷のステータスじゃないし、レオンは相変わらずレオンだし、何も成し遂《と》げられてない気がしているのは私だけですか。

……終わりが見えない。

第六章

魔族領を出て、途中に置いてきた馬車でのんびりと人族領へ戻ってきました。

勇者様御一行ご帰還の知らせはすぐに広まったようで、人族領内でも最も栄《さか》えているという国、セントリア国に着く頃にはもう、大歓迎モードでした。

遂《つい》に魔王様をやっつけた勇者様パーティ、ということで、王都は大変賑《にぎ》やかなお祭り騒ぎです。

魔族に怯《おび》えて過ごす日々が終わったのですから、当然ではありますよね。

だからって凱旋《がいせん》パレードはやり過ぎじゃないですかね。

この国は、レオンが公式に勇者様認定された場所でもあり、旅のスタート地点でもあるそうです。

国の門を通ればド派手なパレード用の馬車が待機していました。

これに乗ってお城まで向かうそうですよ。

……嫌がらせか。

「皆様だけでどうぞ」

あの馬車に乗りたくない。

「何を言っている。魔王を封印したユウがむしろ主役のようなものではないか」

「奴隷が主役とかおかしいですから！　レオンが主役ですから！　レオンの手柄にするって決めたじゃないですか！」

観衆の皆様は、ご立派な馬車の前で勇者様がこんなお馬鹿な会話をしているなんて、思いもしないでしょうね。

歓声でかき消してくださり大変ありがたいことこの上ない。

――何はともあれ、レオンに無理やり馬車に乗せられ、出発です。


皆様の大きな声援をやり過ごし、やっとのことでお城に到着し、早速《さっそく》王様に謁見《えっけん》です。

「よくぞ無事に戻ってくれたな、レオン殿！」

「もったいないお言葉です」

たっぷりとお髭《ひげ》をたくわえた、いかにも王様といった風貌のお方が、うんうんと頷《うなず》いておられます。サ、サンタさんみたいだなんて思ってないですよ？

「歴代勇者達が敗れたあの魔王を討伐《とうばつ》するとはさすがじゃ！　さて、褒美は何としようか？」

王様のお言葉に、隣に座っていらっしゃるお姫様と思われる女性が視線を揺らして頰を染めています。

そうだ、レオンはイケメンなんだった。

「娘の婿にでもなるか？」

「まぁお父様ったら……」

ぽっ、と赤くなるお姫様。あざといな。おっと口が滑ってしまいました。

お姫様も可愛らしいお顔立ちですが、こちとら超絶美女なミリアお姉様とずっと一緒にいるのです。

王様の提案に対し、レオンのお口は相変わらず空気を読まずにお返事します。

「結構です」

「そうじゃな、娘もその気のようじゃ……し？　今、何と？」

「結構です、と申し上げました」

勇者様はお姫様とくっついてハッピーエンドで終わりましょうよ、そうしましょうよ！

断るにしてももう少し考えてからにしませんか？　即答過ぎてお姫様の表情筋、固まっちゃってますよ。

「褒美がいただけるのであれば、どの国にも自由に移動できる通行証が欲しいですね」

あれ。レオン、ご褒美にそんなものでいいのですか？

勇者様という肩書きだけでもフリーパスに近いというのに。

「今後はこのパーティで自由な旅でもしたいと思っています。人数分いただければ、と」

そう言ったレオンは私を見てにっこりと、それはもう綺麗に微笑むのです。

もしかして、私のため、ですか？

許可証をいただければ、奴隷と記載された手形を見せずに済むのです。

そんなこちらの事情など知らない王様は、もちろん慌《あわ》てています。

「そ、そのようなものでいいのか？　娘と結婚して王族になることも可能なんじゃぞ？」

「俺には心に決めた女性がいます。それに、旅をするのに王族になる必要もありません」

「心に決めた女性じゃと⁉」

うわ、こっち見んなレオン！

「その娘がそうなのか？　黒の美女などと噂には聞いておったが……」

心臓が痛いです。視線独り占め辛いです。特にお姫様の視線痛い。

レオンのびくともしない決心に、王様は諦《あきら》めたご様子です。

「そこまで決意が固いのならば仕方ないかのう。よかろう、全員分の許可証を用意しよう。しばらくは城に滞在していくがいい」

「ありがとうございます」

深々とお辞儀するレオンから視線を前に戻すと、お姫様の視線が刺さります。

めっちゃメンチ切ってるお姫様とか、超怖いです。

「ミ、ミリアお姉様、助けてください……」

「無理ね」

「ルイ様……」

「姫君のプライドをずたずたにしてしまっていますから、仕方ありませんよ」

ミリアお姉様もルイ様もとりあってくれません。いつもの過保護属性どこいった。

「ずたずたにしたのはレオンですよ？」

「女ってのはそういう生き物なんじゃねぇの？」

スレイン様も面白そうに笑っています。何が面白いのですか！　笑うところじゃない！

こんな状態でお城に滞在とか、嫌がらせとしか思えません。

主人のレオンは終始にこやかにご機嫌麗《うるわ》しいようです。

とりあえず勇者様らしくしていてくれただけでも、及第点としましょうか。


王様が用意してくださったお部屋に移動してすぐに、レオンは勇者様な仮面をかなぐり捨てて大喜びです。

「これでまたユウを連れて旅ができるな！」

「やっぱり私のためだったのですね」

「ユウのため以外のことなど俺がするわけないだろう」

「……それはそれでどうなんですか」

呆れていると、レオンが折りたたんだ紙を差し出してきました。

「地図を借りたから、どこでも行きたい場所を決めるといい。許可証が手に入り次第、そこに向かおう」

「え、私が決めるんですか？」

「ユウが見たい世界を、俺も見たいのだ」

「レオン……」

「新婚旅行だな！」

……はい台無し！　お礼を言うタイミング、なくさせないでください。

＊　＊　＊

翌日、無事に王様から人数分の許可証をいただきましたので、新たな旅の始まりです。

色んな場所を見てみたい、なんて願望がまさか叶うとも思っていなかったので、とても楽しみですし、嬉しいです。

レオンを始め、皆様には頭が上がりません。

最初はどこへ行こう。獣人《じゅうじん》国かな？　でも人間の国も色々見てみたいし、シン国の様子も気になるなぁ――なんて、朝食をいただきながらワクワクしてたんですよ。

それなのに……

「少しお時間よろしいかしら？」

食後、部屋に戻ろうとした私を、お姫様が呼び止められました。

お姫様のお願いという名の命令に、背《そむ》ける奴隷なんかいないないですよね。

こういう時に限って、なぜいないの、レオン！


「ユウ、といったかしら」

「は、はい」

セントリア国のお姫様、ウルリア様は笑ってない目で微笑んでらっしゃいます。

レオンに結婚をお断りされたのが、そんなに気に入らなかったのですか、そうですか。

毎晩、伝説の勇者様を罵《のの》り踏みつけ床に寝ろと命令する趣味がおありならともかく、そうでないならむしろ喜ばしいことかと。

でも勇者様とお姫様の婚姻なんて、お話としては王道中の王道なハッピーエンドですよね。

あれ、何が正しいのかわからなくなってきました。

とりあえずお姫様と二人っきりで——お姫様付きのメイドさんはいますが——剣呑《けんのん》なティータイムをしてるのは、正しくない気がしてならない。

「分相応《ぶんそうおう》に身を引く気は無いの？」

「えーっと……」

身を引きたい気持ちはあり余るくらいなんですけど、いかんせんその身分がレオンの奴隷なのです。

私の意思でどうにかできる問題ではありません。

レオンが「お前もうお役御免《やくごめん》な」ってしないといけないのです。

「黒の美女などと言われていても所詮は奴隷。婚姻を結ぶ権利も無いのよ」

それは存じておりますとも。

「わたくしのような王族こそ勇者様に相応《ふさわ》しいわ」

ごもっともですね。

否定しようもございません。

しかし性格悪いなお姫様！

勇者様とくっつくお姫様は純真無垢《じゅんしんむく》で可憐な女性じゃないんですか？　違うんですか？

「黙ってないで何か言ったらどうなの？　まぁ奴隷ごときでわたくしと同席してるんだから、緊張しても仕方ないかしら」

「……そうですね、奴隷ごとき私が姫様と同席するどころか、同じ部屋の空気を吸うことすらおこがましいですよね。退席させていただいてもよろしいでしょうか」

「そういうことじゃないわよ！　人の話聞いてたの!?」

聞いていましたけど、なんかもう面倒くさいです。

だって私がどうこうできるお話じゃありませんし。

クレームならレオンにどうぞ、です。

何の権利も無い奴隷風情《ふぜい》が、お姫様の希望願望を聞いても対応できかねます。

何よりもお姫様に対しての嫌悪感が半端ない件。

王様はどれだけ甘やかしていたのですか、ワガママにも程がありますよ。

それに、レオンの外見と勇者という肩書きだけに惹かれているのがバレバレで、いくらお姫様とはいえレオンに失礼です。

「姫様のおっしゃる通り、私は所詮、何の権利も持たない奴隷です。ですから、何をおっしゃられても私には何もできません。申し訳ありません」

「じゃ、じゃあ勇者様の奴隷じゃなくなればいいわ！」

「私から契約破棄はできませんので、レオンに直接交渉なさってくださいませ」

「っ！　なんで奴隷の貴方が勇者様を呼び捨てにしてるのよ!?」

「それが彼との契約の一部ですので」

仕方ないのですよ、ははは……

そんなに怒るなら、お姫様もレオンをお名前でお呼びすればいいのに。

勇者様なんて肩書きで呼んでいては、いつまでも距離は縮まらないのでは？

課長！　先輩！　みたいなもんですよね？

「じゃ、じゃあ貴方が消えれば問題解決する話よね？」

「姫様がそんな物騒なお言葉を使っていいのですか？」

「……わたくしのメイドは暗殺術を使える者もいるのよ」

殺し屋メイドさんとか、ちょっと可愛いですね。なんて余裕を持てちゃう自分のステータスに殺意。

ドヤ顔してるお姫様には申し訳ないのですが、私もこれまでの修行の結果、暗殺スキルを手に入れているのです。

ただの奴隷じゃないのですよ。

勇者様パーティと魔王討伐《とうばつ》に同行した奴隷の時点で察しましょう。

むしろ討伐《とうばつ》したの私だった！

「……あまり乱暴なことはしたくないのですが」

背後からメイドさんがナイフで切りかかって来たので、その腕を取ってナイフを落とし、後ろ手に捻《ひね》ってみました。

「ぐっ！」

メイドさんは身動きがとれず固まっています。

お姉様方との鍛錬《たんれん》の成果、こんな所で使いたくなかった。

「ど、奴隷ごときがわたくしのメイドに気安く触らないでちょうだい！」

「正当防衛です、ご勘弁を」

わなわなと怒りに震えるウルリア様のフォローは、メイドさん達にお任せいたします。

私の主人はあくまでもレオンで、お姫様ではありませんから。

「殺されるのも困りますし、これ以上お話しすることも無いでしょう。失礼いたしますね」


……精神的疲労感。

お城にいるだけでも疲れる上に、お姫様のお相手めっちゃ疲れた。

でもレオンに報告したらお城ごと破壊しそうだから、内緒の方がいいでしょうか。

うーん、いつもならしつこくついて来ていただろうレオンが、大人しく留守番していたかも不安になってきました。

「ただいま戻りまし、た」

大丈夫なわけがなかった。

しばらく勇者様らしくしてくださっていたので失念していました、レオンのヤンデレ属性。

「あの、そのメイドさん、さっき見た気がするのですが」

先程襲ってきたメイドさんが、魔法具と思われる縄《なわ》で縛られています。

「ユウを殺そうなどとふざけた真似をした奴だ。とりあえず捕縛《ほばく》しておいた」

「やっぱり盗み聞きしてましたね⁉」

レオンが当然だとでも言いたそうに笑います。

「あの女がユウと二人きりになるなど、ろくなことでは無いに決まっているからな」

メイドさん、レオンの殺気にあてられて顔色おかしなことになってますよ。

「あの女にはルイとミリアが新作の魔法を試すそうだぞ」

「今すぐやめさせてください！」

新作魔法は気になりますが、レオンの表情から察するに絶対よろしくない魔法です。

しかし、レオンだけでなくお姉様達まで盗み聞きしてたとは……！

「全くユウは慈悲深いな。だが俺達が納得できん」

「今すぐやめさせなさい！」

「仕方ない、御意《ぎょい》」

お姫様より皆様の方がよっぽど怖かった件。


その夜はお城でふかふかベッドと高級ワインを満喫し、朝が来ると早速《さっそく》旅立つことになりました。

「さて、とりあえず出発だな」

レオンが勇者らしく先頭を切って歩き出します。

お城の前はたくさんの見送りの方々で溢《あふ》れかえっていました。

「あら、お姫様はお見送りに出てこないのね」

「なんか知らんが、原因不明の皮膚病に突然なったらしいぜ」

意味深な笑みを浮かべるミリアお姉様と、何も知らないスレイン様の表情の対比。

「それは恐ろしいですね。早く治るといいのですが」

これまた目だけ笑ってない笑顔なルイ様の恐怖。何をしでかしてくださったんだ。

止めるの遅かったですか、それにしてもまたえげつない魔法を作り出したもんです。

ちゃんと治療法あるんでしょうか。

殺されかけた私が言うのもなんですが、お姫様ドンマイ頑張れ。

とりあえず命に別状は無いようで一安心しましたが。

「さて、ユウはどこに行きたいのだ?」

「うわぁ、レオン、何事もなかったかのように旅立とうとしてますね」

「何事もなかったからな!」

レオンがそう言うならそうなのでしょう。そうしましょう。

目指すはこのセントリア国のお隣にあるフレイ国です。

温泉があるらしいですよ。

楽しみですね!

＊　＊　＊

セントリア国を馬車で出発し、温泉大国であるフレイ国にやってまいりました。

王様の許可証のお陰で、私の身分が奴隷であることも隠せているはずなのですが、噂って怖いですよね。

黒の美女イコール勇者様の奴隷という、無駄な認知度の高さ。

もはや美女かどうかは関係無いのです。黒髪で勇者様に同行しているだけで、すぐにばれてしまいます。

もう諦《あきら》めといいますか、開き直りますよ。

魔王討伐《とうばつ》効果もあって勇者様御一行は世界中で有名なのです。

そんな方々と一緒に行動するのですから、仕方ありません。

目立ちたくない隠密《おんみつ》スキルは無能スキルでした。通行証いらなかったんじゃないか、これ？

人目に晒《さら》されながらも、無事に温泉宿の敷地内に入りました。無事ということにしてください。

「こ、こんないいお宿に泊まれるなんて！　絶対お高い‼」

「まぁ安くはなかったな。露天風呂付きの部屋だからな」

前の世界でも、温泉付きの広いお部屋は手が届かないくらいお高かった気がします。

お宿の周りは美しい森です。つい馬車から身を乗り出してしまいます。

「うわぁうわぁ！　眺めすっごいですよレオン！」

「あまりはしゃぎ過ぎるな。落ちるぞ」

「落ちません！」

王様から通行許可証の他に報奨金もいただきましたので、懐《ふところ》はぬくぬくです。

たまにはこんな贅沢《ぜいたく》も許されましょう！

テンション上げ上げな私に、レオンも苦笑いです。いつもと逆ですね。

「まるで子供だな」

「何とでもおっしゃってください。嬉しいものは嬉しいのです」

部屋割りはいつも通り、私とレオンは同室で、それ以外の皆様はそれぞれ個室です。

早速《さっそく》部屋に入り、露天風呂を覗《のぞ》いてみました。

露天風呂から見える景色は、夕日に照らされて幻想的です。

「夕食まで時間がある。そんなに気に入ったなら風呂に入ればいい」

「レオンが先です」

「ユウが入れ。俺は後で構わん」

かけ流しのお風呂ですから、私の残り湯ではありませんよ？

「何だその目は！　今日は百パーセント善意で言ったのに！」

「今日は、ですか」

いつもは違ったのですね、やっぱり。

お言葉に甘えてお風呂をいただこうと脱衣所を見ると、なんと着替えまで用意されてありました。

「あ、浴衣《ゆかた》なんてあるんですね」

「ユカタ？　その着物のことか？」

「はい。寝巻きの一種です」

「ふむ、変わった作りをしているな」

「後で着付けしますよ」

長身のレオンです、きっとお似合いでしょうね。


「ふぁー」

露天風呂、ヤバイです、超気持ちいいです！

これまでも、シャワーだけでなくお湯に浸《つ》かれることはありましたが、やっぱり温泉は別格です。

間抜けな声が出るのも仕方ないのです。

「絶景かな絶景かな」

フレイ国一番の温泉街の中でも、一等地に建てられているのがこのお宿です。

高台にあるこのお宿からの眺望はとても贅沢《ぜいたく》ですね。

しかも温泉に入りながらとか。

「天国ですなぁ」

我ながら奴隷らしくないと痛感しています。

もちろん皆様も、初めて出会った時から私を奴隷扱いなんてしないでくださっていましたが。魔王討伐《とうばつ》が終わってしまったのですから、もう奴隷でも何でもよくなってしまいますね。

「前の世界より、居心地がいいかもしれませんね……」

年に一回のご褒美でも、こんな高級旅館にはとても行けなかったでしょう。

もう厚待遇過ぎて、不本意な称号やら職業が気にならなくなってきました。それはそれでどうなんだろう。

「うぅ……日本酒呑みたくなるなぁ」

温泉といえば美味《おい》しいご飯、美味《おい》しい日本酒、です！

しかし、ここは日本ではありません。

お米から作られたお酒はありました。味は日本酒に近いような遠いような、でも美味《おい》しいお酒だったと記憶しています。日本酒とは言えないですけどね。

「魔王討伐《とうばつ》の報奨金もあるし、少しはお酒に使っても大丈夫、ですかね」

ほとんど一人で討伐《とうばつ》したようなものですから、皆様が報奨金の取り分を多くしてくださいました。

本当に優しい方々です。

「最初にフレイ国にしておいて正解だったなぁ。これからどこに行っても、テレポートでこの温泉に入れる」

どうやら無属性魔法を使ったテレポートは、視認できる場所だけでなく、〝過去に行ったことのある場所〟にも行けるようなのです。すっごい便利魔法!!

見たことの無い世界が見たいので、あちこち連れていっていただく予定です。シン国が復興できたかも見にいきたいですし、聖竜さんの谷にも行きたいですね。

ルナちゃんとお約束もしちゃってますし。

獣人《じゅうじん》領の海側の国には人魚さんもいるとかいないとか。

夢は膨《ふく》らむばかりです。

「さて、のぼせる前にあがりますか」


夕食用の部屋のテーブルの上には、所狭しとお料理が並んでいます。

なんて豪華なのでしょう。

美味《おい》しそうなお料理の数々に目を奪われていると、こちらをにこにこと眺めるミリアお姉様と目が合ってしまいました。う、あの目は危険な気がする。

「これはユカタというのね！　ユウの浴衣《ゆかた》姿可愛い！　妖精みたいだわ！」

「浴衣《ゆかた》の妖精って、ちょっと妖怪チックじゃないですか？」

「もっとうなじ出しなさいよ。ほら、胸元もー」

「お姉様もう酔ってますね!?」

慌《あわ》ててスレイン様の後ろに避難です。

スレイン様も浴衣《ゆかた》を着こなしていらっしゃいます。どうやら博識のルイ様に着付けていただいたようです。

男性陣の浴衣《ゆかた》姿も、なかなか色気がありますね。

美形は何を着ても似合うってずるいです。

「なぜスレインの所に行く⁉　俺の隣にいればいいだろう‼」

「レオンの隣が安全な気がしません」

苦笑いのスレイン様を盾《たて》にして、ちまちまとお食事とお酒をいただきます。美味《おい》しい。

すると、赤い顔をしたルイ様がグラス片手に蔑《さげす》むようにレオンを見ています。

「レオン殿なんかの所に、ユウ殿が行くわけがないでしょうが」

「相変わらず酔うのはえーな、ルイさんは」

スレイン様は気にするでもなく笑っています。少しは気にしましょう。

「毒舌モード入りましたね」

卓上にはたくさんのお魚があります。何のお魚かはわかりませんが、お刺身、美味《おい》しいです。

生ものを食べる文化のある世界でよかったです……！

スレイン様のそばで食べているのがそんなに悔しいのか、レオンが大人しくしています。

構ってあげた方がよいでしょうか。

「レオン、この唐揚げ美味《おい》しいですよ！　レオンが好きな味ですよ！」

「本当か、って、おい、何だそれは」

「あーんしてください」

私が唐揚げらしきものをレオンの口元に持っていくと、レオンは珍しく戸惑っています。

「何だ急に、何なんだ⁉　変なものでも食べたのか⁉」

いじけてたから構ったら、この態度ですよ。

酷《ひど》いご主人様です。この機を逃したら次はいつあるかわかりませんよ？

「ほら、あーん、です」

「あ、あー」

ぎこちなく開けられたお口に唐揚げをポイです。

おつき合いが長くなれば、食の好みも嫌でもわかるようになります。

「う、うまい！」

「でしょう？」

照れるレオンと満足げな私を傍観していた皆様、というかミリアお姉様とルイ様の様子がおかしい。

「ユウ、わたくしにも！　わたくしにもあーんしてちょうだい！」

「レオン殿ばかりずるいですよ！」

皆様の反応にびっくりです。

「え、え？」

「諦《あきら》めた方が楽だぜ？　相手は酔っ払いだ。んでもって、レオンさんにやっちまったユウさんにも責任あるしな」

「えー」

まるで雛鳥《ひなどり》のようにお口を開けて催促《さいそく》するルイ様とミリアお姉様。それを煽《あお》るスレイン様。可愛いやら間が抜けているやらです。

いつまでもお口を開けさせているわけにもいきませんので、お二人にもあーんしましたよ。

「スレイン様もします？」

「いいのか!?　じゃなくて、や、俺はいーよ」

「ふふ。はい、あーんです」

奴隷感無いですよね、知っています。

でも皆様が楽しそうに笑ってらっしゃいますので、私も楽しいです。

誰にも気兼ねすることなく、のんびりとした時間を過ごせるなんて、夢にも思っていませんでした。

……とはいえ。

「暑い……重い……」

なぜ皆様、私にくっついて潰《つぶ》れていらっしゃるのか。

膝にはお姉様とルイ様の頭が、背中にはスレイン様の重みが、左手は転がったレオンが握りしめていて動けません。

かろうじて自由な右手でお酒をいただきますが、何だろう……金縛りごっこですか、これ？

「まさかスレイン様まで潰《つぶ》れるとは……」

明日は筋肉痛になりそうです。ここの温泉、筋肉痛に効果あったっけ。

ようやく復活されたスレイン様が、謝りながら皆様をどかしてくださいましたが、足が痺《しび》れて動けません。

……もう少し呑もうかな。

＊　＊　＊

そしてお次は――さぁ、やってまいりました聖竜さんの谷。

フレイ国で温泉と食事を充分堪能《たんのう》しましたので、早速《さっそく》お約束していた聖竜さん達に会いにきたのです。

獣人《じゅうじん》領までテレポートして、後はご案内役の聖竜さんを召喚です。

伝説の竜さんを案内のためだけにお呼びするのは甚《はなは》だ申し訳ないことこの上ないのですが、何分《なにぶん》伝説の谷です。道がわかる方に案内していただかないと、辿《たど》り着けません。

「お姉ちゃーん‼」

聖竜さん達を召喚すると、黄金の光からルナちゃんが飛び出してきました。

「盛大な歓迎には感謝の念を隠しきれませんが、ルナちゃん、もう少し重量と加速度をお控えくださると嬉しいです……」

まだまだお子様とはいえ、聖竜さんです。抱きつかれるのは嬉しいのですが、ルノちゃんに圧死させられるのはご遠慮させていただきたい……

「これ、ルナ。お前の好きなお姉ちゃんが潰《つぶ》れてしまうぞ」

「はっ⁉　お姉ちゃんがルナに会いに来てくれた喜びを全力で表現してしまったなの！」

そのお気持ちは大変ありがたいのですが、とりあえずみぞおちが悲鳴をあげているので降りていただきたい。

でも竜種独特の手触りは気持ちいいですね、頑張れ私の筋力！

「いくら契約してるとはいえ、まぁよく懐《なつ》かれてるもんだよな」

スレイン様、感心していないで手を貸していただけませんか。

「ユウの魅力は種族をも超えるのね！」

ちょっとお姉様のおっしゃっている意味がわかりません。

「ぐぬぬ……」

「さすがにルナ殿に嫉妬《しっと》するのは見苦しいですよ、レオン殿」

聖竜さん達に案内されながら、伝説の谷の中へ入っていきます。

奥へ進むにつれ、不思議な感覚が生まれてくるのを感じます。

「何だか体がいつもより軽く感じますね。気分がいいです」

「ほう、もう気付いたか。ここが我ら聖竜が治める竜種の聖地だ」

聖竜さんの谷ですから、聖なる空気に満ち満ちています。

体だけでなく、心や魔力まで澄んでいきます。

「気分がよくなるだけじゃないの！　ここはお姉ちゃんにもいいこといっぱいなの！」

ぴこぴことルナちゃんは尻尾《しっぽ》を振りながら飛び跳ねています。

ルナちゃん曰《いわ》く、この清々しい空気はステータスを強化してくださるとか。

これ以上強化してどうするんだこのやろう、という感想は胸の内に留めておきましょう。ルナちゃんには言えない。

「もう魔王は封印してるわけだし、別に気にしなくてもいいんじゃないの？」

そう言われてみれば、確かにミリアお姉様の言う通り！　です。

最終クエストを攻略してしまったので、後はサブクエストをこなす程度の余生です。

大体どんなステータスであろうと、勇者様御一行と同行していれば目立つことは不可避。

うん、問題無いですね。

聖竜さんの谷を一通り案内してもらい、ルナちゃんとも充分遊んだので、聖竜さん達とはさよならです。別れを惜しみつつ、獣人《じゅうじん》領に戻って参りました。

獣人《じゅうじん》の国も私にとっては珍しいものばかりなので、街中《まちじゅう》を散策中です。

「ところで、皆様は行きたい場所は無いのですか？」

フレイ国然《しか》り、聖竜さんの谷然《しか》り、まだ私の行きたい場所にしか行っていません。

「ユウの行きたい場所に俺も行きたいと言っただろう」

「レオンはともかく、他の皆様は？」

そう聞いて皆様の顔を見回すと、皆様の反応は微妙です。

「まぁ、リーダーのレオンさんがユウさんの行きたい所に行くって言うならそれでいーわ」

「レオン殿だけ同行させる訳にもいきませんからね」

「ユウのいる所すなわち、わたくしのいる所よ！」

うーん。

有《あ》り難《がた》いのですよ、本当に。有《あ》り難《がた》いのですけれどね？

この、皆様の愛が重い。

いつの間にかこのパーティの一員としてちゃっかり居座っていますが、そういえばなぜレオンは私にここまで執着するのか、不思議です。

前を歩くミリアお姉様の横に付き、こっそり聞いてみました。

「あの、今更ですけど、なぜレオンは会ったことの無い私を〝黒の美女〟なんて言って探していたのですか？」

「ふふ、レオンは夢で何度もユウに会っているそうよ。まあ、わたくしにもよくわからないけれど、夢で出会うなんて、運命で結ばれているのかもね！」

う、運命……

なんだかわかったようなわからないようなどっちつかずな感じですが、日本にも〝正夢《まさゆめ》〟という言葉があるし、まあいいか。よくないけど！　なんか突っついたらさらにレオンの残念属性が出てきそうで怖い！

とりあえず今は、今夜泊まる宿を見つけるのが先です。ルナちゃんからお土産《みやげ》にいただいた、聖竜の谷特産のお酒も楽しみたいですし。

「あ、そうだ、次はわたくしの故郷に遊びに来る？　エルフの里は数あれど、ダークエルフとエルフが共存している里は、わたくしの里だけよ」

エルフの里、というのもかなり気になりますね。お姉様の故郷であるうえにレアな里なんですから。

あれ、ということは、お姉様レベルの美人だらけの里ということでしょうか？

「年増だらけのさと……」

いつの間にか隣にいたレオンが、ミリアお姉様の弓で壁に貼りつけになっています。口は災《わざわ》いの元ですよ。

こんな風に旅行するのもいいですが、皆様の愛情に応《こた》えるためにも、せめて奴隷としてきちんとお仕事をして役に立ちたいです。たとえサブクエストをこなすだけの余生だとしても。

「……きろ……おい！　ユウ!!」

ルナちゃんからもらった聖竜の谷のお酒があまりにも美味《おい》しくて呑みすぎました。珍しく潰《つぶ》れてしまったようです。あぁもう煩《うるさ》いなぁ。

「……レオン？　何をしてるんですか？」

レオンの声だとようやく認識して目を開けると、レオンの頭がぼんやりと見えました。

「踏んでもらえるために跪《ひざまず》いている」

待って。寝起きの頭がついていきてない。

「寝ながら『仕事をしたい』と言っていたのは、ユウではないか」

「それ寝言ですか？　言った覚えがないのですが」

というか、レオンを踏むのは誰のお仕事でもありませんよ。特殊な職業の女王様でもない限り。

「だから踏みません！」

「だから踏んでくれと何度言えば！」

「どうしても踏んでほしいなら、私に踏めと命令なさればいいでしょう！」

「それじゃ駄目だと、なぜわかってくれないのだ！」

「わかりたくもありませんよ！」

このやりとり、何度繰り返せば気が済むのでしょうか。

「刻印があるうちに踏んでくれなければ、いつになっても解放できぬではないか。このままでは結婚できぬ」

「……相変わらず脈絡《みゃくらく》無いですね」

「とにかくユウは俺を踏んでくれればいいという話だ！」

「何この無限ループ」

勇者様と結婚する奴隷なんて聞いたことありませんよ。したくてもできません。したいとも思いませんが。

「その冷めた目もまたいいな！　もっと蔑《さげす》んでくれ！」

「元より蔑《さげす》んだ覚えも無いです」

残念な勇者様でもご主人様には変わりありません。蔑《さげす》めません。

「ユウは俺のことが嫌いなのか？」

あーもう。

その捨てられた子犬みたいな目はやめてくださいよ。

奴隷に捨てられている時点で色々おかしいですが、勇者様がそのお顔はやめましょうよ。

「嫌いではないです」

「ならば！」

「好きとも踏むとも言いませんよ？」

ツンデレだとでも何とでも、お好きなように解釈なさってくださいませ。

本音も建前も、隠してこその奴隷ですから。

……あ、でもツンデレの場合、デレないといけないのか。


訳も分からないままに異世界に飛ばされ、奴隷になってしまうという謎展開。ですが、皆様に大切にしていただいています。

わちゃわちゃとした賑《にぎ》やかな旅はこれからも続くのでしょう。たぶん。きっと。

それはよいのですが。ですが。

確かに私は勇者様に買われた奴隷ですが、勇者様を調教する日々は早く終わってください！

Regina COMICS
大好評発売中!!
えっ？平凡ですよ？？
漫画 不二原理夏 Rika Fujiwara
原作 月雪はな Hana Tsukiyuki
1～3
ほのぼのファンタジー
待望のコミカライズ！
交通事故で命を落とした、女子高生のゆかり。目を覚ますと、異世界に伯爵令嬢として転生していた！　なのに、待っていたのはまさかの貧乏生活……。第二の人生を豊かにすべく、元女子高生は前世の知識をフル活用する!!
＊B6判
＊各定価：本体680円＋税
シリーズ累計16万部突破！
アルファポリス 漫画
検索

シリーズ累計
29万部
突破!!
RC
Regina
COMICS
詐騎士
1
SAGISHI
Presented by Kaitoko
Comic by Natsumi Asa
Volume One
大好評発売中!!
原作 かいとーこ
漫画 麻菜摘
アルファポリスWebサイトにて
好評連載中!
待望のコミカライズ!!
ある王国の新人騎士の中に、一人風変わりな少年がいた。傀儡術《かいらいじゅつ》という特殊な魔術で自らの身体を操り、女の子と間違えられがちな友人を常にフォローしている。しかし実は、その少年こそが女の子だった！　性別も、年齢も、身分も、余命すらも詐称。飄々《ひょうひょう》と空を飛び、仲間たちを振り回す──。そんな詐騎士《さぎし》ルゼの偽りだらけの騎士生活！
性別、年齢、身分、余命、
すべて詐称!?
その騎士、実は女の子!?
シリーズ累計29万部突破　新感覚ファンタジーコミカライズ!!
アルファポリス 漫画
検索
B6判／定価：本体680円＋税
ISBN：978-4-434-22063-0

死亡フラグ＆恋愛フラグが乱立!?

ダークな乙女ゲーム世界で命を狙われてます

夢月なぞる
Nazoru Mutsuki

1～5

ダークな学園で、
脇役女子高生が
生き残りをかけて奔走中！

地味で平凡な女子高生・環《たまき》の通う学園に、ある日転校してきた美少女・利音《りおん》。彼女を見た瞬間、環はとんでもないことを思い出した。
なんと環は、乙女ゲームの世界に脇役として転生（？）していたのだ！
ゲームのヒロインは利音。攻略対象は、人間のふりをして学園生活をおくる吸血鬼達。ゲームに関する記憶が次々と蘇る中、環は自分が命を落とす運命にあることを知る。なんとか死亡フラグを回避しようとするものの、なぜか攻略対象との恋愛フラグが立ちそうで？

各定価：本体1200円＋税
Illustration：弥南せいら（1～3巻）/八美☆わん（4～5巻）

1～5巻好評発売中!

俺の友人である芝《しば》浦《うら》宗《そう》佐《すけ》は、どこにでもいる極平凡な男子高校生だ。ところがこの男、不思議なほどモテる。今日も今日とて、彼を巡って愛憎劇が繰り広げられ、俺、敷《しき》島《しま》健《けん》吾《ご》が巻き込まれるわけで…… そのうえ、宗佐の義妹・珊瑚《さんご》が、カオスな状況をさらに引っかきまわす。
「やめろ妹、宗佐を惑わせるな」
「健吾先輩の妹じゃありません!」
強面《こわもて》男子高校生・健吾の受難、今、開幕!

定価：本体1200円＋税　ISBN 978-4-434-22448-5

illustration：夏珂

荒城ひかり（あらき ひかり）
都内在住。2015年頃からWeb小説を投稿しはじめ、本作で出版デビュー。「とりあえず何でもやってみる」がモットー。好きなものはお酒とアニメ。

イラスト：くろでこ

本書はWebサイト「アルファポリス」（http://www.alphapolis.co.jp/）に投稿されたものを、改題、改稿、加筆のうえ、書籍化したものです。

勇者《ゆうしゃ》に買《か》われた奴隷《どれい》ですが、なぜか勇者《ゆうしゃ》を調教《ちょうきょう》しています。

荒城ひかり（あらき ひかり）

2016年 10月 6日初版発行

編集－福光春菜・宮田可南子
編集長－塙綾子
発行者－梶本雄介
発行所－株式会社アルファポリス
〒150-6005東京都渋谷区恵比寿4-20-3恵比寿ｶﾞｰﾃﾞﾝﾌﾟﾚｲｽﾀﾜｰ5階
TEL 03-6277-1601（営業） 03-6277-1602（編集）
URL http://www.alphapolis.co.jp/
発売元－株式会社星雲社
〒112-0005 東京都文京区水道1-3-30
TEL 03-3868-3275
装丁・本文イラスト－くろでこ
装丁デザイン－AFTERGLOW
（レーベルフォーマットデザイン― ansyyqdesign）
印刷－大日本印刷株式会社

価格はカバーに表示されてあります。
落丁乱丁の場合はアルファポリスまでご連絡ください。
送料は小社負担でお取り替えします。

978-4-434-22445-4 C0093